DESTINO INFANTIL Y JUVENIL, 2011
infoinfantilyjuvenil@planeta.es
www.planetadelibrosinfantilyjuvenil.com
Editado por Editorial Planeta, S. A.

Título original: *The Sword Thief*
© Scholastic Inc, 2009
© *The Sword Thief,* Scholastic Inc. Todos los derechos reservados.
La serie THE 39 CLUES está publicada en acuerdo con Scholastic Inc., 557 Broadway,
Nueva York, NY 10012, EE. UU.
THE 39 CLUES y los logos que aparecen en ella son marca registrada de Scholastic Inc.

© de la traducción: Zintia Costas Domínguez, 2011
© Editorial Planeta S. A., 2011
Avda. Diagonal, 662-664, 08034 Barcelona
Primera edición: junio de 2011
ISBN: 978-84-08-10012-6
Depósito legal: M. 17.899-2011
Impreso por Huertas Industrias Gráficas, S.A.

Impreso en España – Printed in Spain

El papel utilizado para la impresión de este libro es cien por cien libre de cloro
y está calificado como papel ecológico.

Con un secreto tan poderoso,
los celos son inevitables
y no hay alianzas que valgan.

EL LADRÓN DE ESPADAS

PETER LERANGIS

DESTINO

Para Tina, Nick y Joe, siempre

P. L.

CAPÍTULO 1

Estaban perdidos.

Amy Cahill observaba la raída bolsa de viaje que se alejaba por la cinta transportadora del aeropuerto ocasionando aquel estruendo metálico. Sus abultadas esquinas no pasaban desapercibidas. Un letrero en la pared decía: «GRACIAS POR VISITAR VENECIA: SE REVISARÁN ALGUNAS MALETAS ALEATORIAMENTE», en cinco idiomas diferentes.

—Vaya, estupendo —dijo la muchacha—. ¿Cómo de aleatoriamente es «aleatoriamente»?

—Te lo dije, un guerrero ninja siempre ha de llevar sus espadas consigo —le susurró su hermano, Dan, que había sido un descerebrado desde que ella tenía uso de razón.

—Discúlpame, Jackie Chan, pero el equipaje de mano pasa siempre por rayos X —le respondió ella, también susurrando—. Hay reglas superespeciales sobre eso de llevar espadas de samurái en el equipaje de mano. Incluso aunque pertenezcan a mequetrefes ilusos de once años que se creen ninjas.

—Podríamos haber dicho que «las necesitamos para picar la carne de la lasaña» —añadió Dan—. Habría funcionado perfectamente, los italianos entienden de comida.

—A ver si tú entiendes esto: hasta que no seas mayorcito, ni una *parola*.

Dan se encogió de hombros y levantó un transportín para mascotas desde cuyo interior un mau egipcio muy descontento lo miraba con desconfianza.

—Hasta luego, *Saladin* —dijo el muchacho, mirando por la rejilla—. Piensa que cuando lleguemos a Tokio... ¡habrá sushi de atún para cenar todos los días!

—Miau —respondió el gato desde el transportín que Dan había colocado ya en la cinta.

—¡Mmm... Ohh... Ahh! —gritó alguien detrás de ellos. A pesar de que todo el mundo a su alrededor se volvía alarmado, Amy y Dan sabían que se trataba de su niñera, Nella Rossi, que bailaba al ritmo de alguna de las canciones de su reproductor de música. Ésa era una de las cosas que les gustaban de ella: no le preocupaba lo más mínimo parecer un gato al que le hubieran pisado la cola.

Amy vio el transportín desaparecer por la ventana de carga. Si los oficiales inspeccionaban la bolsa, sonarían las alarmas y los policías italianos se pondrían furiosos, y entonces ella, Dan y Nella no tendrían más remedio que salir corriendo.

No es que no estuvieran habituados a ello. De hecho, habían tenido que correr mucho en los últimos días. Todo empezó cuando aceptaron el desafío, el día de la lectura del testamento de su abuela Grace. Para asistir al entierro, habían tenido que viajar hasta la mansión de su abuela en Massachusetts, y mientras aún estaban en su interior la vivienda fue pasto de las llamas. Desde entonces las habían visto de todos los colores: casi mueren en un edificio que se derrumbó en Filadelfia, les habían atacado unos monjes en Austria e incluso les habían perseguido en lancha por los canales de Venecia. Además, todas y cada una de las ramas de la familia Cahill les habían tendido las más perversas trampas.

Cada poco tiempo (cada tres segundos, más o menos), Amy se preguntaba por qué narices estarían haciendo aquello. Ella y Dan podrían haber escogido quedarse con un fabuloso millón de dólares, como hicieron muchos de los miembros de la familia Cahill. Pero Grace les había ofrecido otra opción: la búsqueda de las 39 pistas que llevaban a un secreto oculto durante siglos, la fuente de poder más grande que el mundo haya conocido.

Hasta entonces, Amy y Dan habían llevado unas vidas bastante vacías y ordinarias. Desde que sus padres habían muerto, siete años atrás, su malhumorada tía Beatrice se había encargado de ellos, aunque lo único bueno que había hecho por los huérfanos había sido contratar a Nella. Sin embargo, ahora sabían que eran parte de algo verdaderamente grande, una enorme familia cuyos ancestros eran personas como Ben Franklin o Wolfgang Amadeus Mozart. Parecía que todos los grandes genios del mundo habían sido Cahill. Era realmente increíble.

—Amy, ¿alguna vez has querido... subir a la cinta transportadora y decir algo así como «no os preocupéis por mí, yo ya voy con el equipaje» y a ver qué pasa?

Y Dan se puso en marcha.

—¡Vamos! —Amy agarró a su hermano del brazo y se dirigieron a la puerta de embarque. Nella iba justo detrás de ellos; con una mano apretaba los botones de su reproductor de música y con la otra se ajustaba el aro con forma de serpiente que tenía en la nariz.

Amy miró la hora en el reloj del aeropuerto. Eran las dos y trece. El vuelo debía salir a las 2.37. Se trataba de un vuelo internacional, así que tendrían que haber llegado dos horas antes al aeropuerto, no con tan sólo veinticuatro minutos de antelación.

—¡No lo conseguiremos! —dijo Amy.

Ahora corrían hacia la puerta número cuatro, esquivando a los otros pasajeros.

—Me imagino que no encontraron a Rufo y Remo, ¿no crees? —preguntó Dan.

—¿Quiénes son Rufo y Remo? —dijo Amy.

—¡Las espadas! —respondió su hermano—. Las he llamado como los fundadores de Italia.

—Son Rómulo y Remo —corrigió Amy—, y fundaron Roma. ¡Y no vuelvas a decir esa palabra!

—¿Roma?

—No, e-s-p-a-d-a. —Amy bajó el tono de voz y empezó a susurrar cuando se pararon al final de una cola muy larga en los controles de seguridad—. ¿Quieres que vayamos a la c-á-r-c-e-l?

—Ah...

—Ooohhh... —desentonaba Nella tratando de seguir un ritmo punk.

El tiempo de espera en la cola hasta que llegaron a los controles les pareció una eternidad. La peor parte para Amy, como siempre, era el hecho de tener que sacarse el collar de jade para pasarlo por la máquina de rayos X. Odiaba separarse de ese collar, aunque fuese sólo un minuto. Cuando salieron de la cola, el reloj marcaba las dos y treinta y uno, así que echaron a correr por un largo pasillo en dirección a la puerta.

—Embarque de los pasajeros de Japan Airlines, vuelo ocho, cero, siete con destino a Tokio. Embarquen, por favor, por la puerta número cuatro —dijo por el sistema de altavoces una voz con un fuerte acento italiano—. Tengan los pasaportes preparados y... *arrivederci!*

Se pusieron a la cola detrás de un bebé de unos doce meses que le estornudó encima a Nella.

—¡Puaj! ¡Menudos modales! —dijo ella, limpiándose el brazo con la manga.

—¿Ha visto alguien mi tarjeta de embarque? —preguntó Dan, a la vez que revolvía sus bolsillos.

—Toma la mía —dijo Nella con cara de asco—, está llena de mocos.

—Mira dentro de tu libro —sugirió Amy, señalando el bolsillo trasero del pantalón de Dan.

El muchacho sacó un ejemplar manoseado de *Comedias clásicas de todos los tiempos* que se había encontrado en el asiento trasero del taxi en el que habían ido al aeropuerto. La tarjeta de embarque marcaba la página 93.

—*El mundo está loco, loco, loco* —dijo el muchacho.

—Ésa es la observación más inteligente que has hecho en todo el día —añadió Amy.

—Es el nombre de una peli —respondió Dan—. Estoy leyendo sobre ella. El guión es asombroso...

—Pasen, por favor. ¡Bienvenidos a bordo! —exclamó una alegre azafata rubia que llevaba unos auriculares que se balanceaban cada vez que daba la bienvenida a un pasajero. En su chapa identificatoria se leía I. RINALDI.

Nella le entregó la tarjeta de embarque y entró en un túnel con forma de acordeón que conducía a la escotilla del avión.

—Oh, chicos, esto no debería ser tan difícil —dijo a los muchachos por encima de su hombro.

Dan entregó su tarjeta a la azafata.

—Realmente es una película divertida, con todos esos humoristas de la vieja escuela buscando un tesoro...

—Disculpe, tiene una deficiencia mental... —dijo Amy a la azafata mientras le entregaba su tarjeta y se llevaba a su hermano hacia el túnel.

Pero la señorita Rinaldi se cruzó en su camino, bloqueándoles el paso.

—*Un attimo* —dijo ella, tratando de mantener su sonrisa de aerolínea mientras escuchaba por los auriculares—. *Si... ah, si si si... buono* —respondió ella, a través del micrófono.

Después, se encogió de hombros, miró a Dan y a Amy y les dijo:

—Venid conmigo, por favor.

Mientras la seguían hacia la esquina, Amy intentó controlarse y no temblar. Las espadas. Debían de haber encontrado las espadas.

Dan la miraba con cara de no haber roto un plato. A veces, con tan sólo mirarlo a la cara, ella podía saber qué pensaba su hermano exactamente.

«Tal vez deberíamos echar a correr», decían sus ojos.

«Buena idea, ¿adónde?», respondió ella sin abrir la boca.

«Yo me haré invisible con mi poder mental de ninja», pensaba él.

«Para poder hacer eso, primero necesitarías tener una mente», le respondió ella.

Nella asomó la cabeza por la entrada del túnel.

—¿Qué sucede? —preguntó.

—Es pura rutina —respondió la señorita Rinaldi, volviéndose hacia los dos hermanos—. Mi supervisor dice que es un registro aleatorio. ¿Podéis esperar aquí junto a esta pared?

Ella se alejó apresurada, sujetando las tarjetas de embarque y desapareció tras una esquina.

Desde el interior del túnel, otra azafata llamó a Nella.

—Por favor, tome asiento, señorita. No se preocupe, el avión no se irá hasta que embarquen todos los pasajeros.

—Odio los aeropuertos. —Nella puso los ojos en blanco y se dirigió hacia el avión—. Nos vemos dentro, os guardaré un paquete de cacahuetes.

Cuando la niñera desapareció, Amy le susurró a su hermano:

—Lo sabía, han registrado tu bolsa de viaje. Ahora van a detenernos y llamarán a tía Beatrice, y ésta será la última vez que veamos a Nella...

—¿Podrías dejar de ser tan pesimista? —dijo Dan—. Les diremos que alguien ha debido de colocar la espad... o sea, eso que tú ya sabes, en la maleta. Jamás las habíamos visto. Somos niños y a los niños siempre se les cree. Además, tal vez no hayan revisado nuestras maletas, quizá sólo estén planteándose si realmente deberían dejar que una persona tan fea como tú embarque en un avión.

Amy le dio un codazo en las costillas.

—Última llamada a los pasajeros del vuelo ocho cero siete con destino a Tokio, ¡diríjanse a la puerta cuatro! —resonó una voz.

Una tercera azafata estaba colocando una cuerda en la entrada del túnel.

Amy se estaba poniendo nerviosa. El avión no esperaría mucho más tiempo.

—Tenemos que encontrar a esa azafata: Rinaldi —dijo ella—. ¡Vamos!

Amy agarró a su hermano del brazo y echaron a correr hacia la esquina, tomando la curva a toda velocidad.

¡Plas! Chocaron contra otras dos personas que corrían hacia la puerta. Amy rebotó hacia atrás y, medio aturdida, cayó encima de Dan, que casi acaba en el suelo.

—¿Qué narices pasa? —dijo el muchacho.

Los dos extraños llevaban un abrigo largo y negro con cuello alto que les oscurecía la cara. Uno de ellos calzaba zapatos negros más oscuros y el otro, unas zapatillas con joyería incrustada. Dieron la vuelta alrededor de Amy y de Dan con sus tarjetas de embarque en la mano y uno de ellos dijo:

—¡Apartaos, por favor!

Amy reconoció la voz. Agarró a Dan y lo hizo volverse hacia ella. Los desconocidos apartaron la barrera hacia un lado

—¡Esperad! —dijo Amy.

Un oficial del aeropuerto les gritó mientras corría hacia ellos. Ellos dos, educadamente, se detuvieron y le entregaron sus tarjetas de embarque. El hombre las examinó rápidamente, asintió y movió la barrera.

—Disfruten del vuelo, Amy y Dan —dijo él.

Los dos pasajeros entraron en el túnel y se volvieron inmediatamente. Bajaron los cuellos de los abrigos y mostraron una sonrisa de oreja a oreja.

Amy se quedó sin aliento al ver a sus primos, sus archienemigos en la búsqueda de las 39 pistas, un dúo cuya grosería sólo era superada por su riqueza y su maldad.

—¡*Sayonara*, idiotas! —dijeron al unísono Ian y Natalie Kabra.

CAPÍTULO 2

—¡Deténganlos! —Dan y Amy corrieron hacia el túnel, gritando tan alto como podían.

Rápidamente, el oficial se interpuso en su camino.

—Su tarjeta de embarque, *per favore* —les pidió el hombre, mostrando una cara de desconcierto y enfado al mismo tiempo.

Amy se sintió impotente al ver cómo Ian y Natalie se introducían en la larga sombra del túnel. Después, se oyó la trampilla del avión cerrándose con un golpe sordo.

—Son... ¡son los Kabra! —exclamó Dan—. ¡Los canallas de los Kabra! *Grandi cattivi!* ¡Tienen a Nella como rehén!

Empezó a formarse una multitud de espectadores curiosos alrededor de ellos, así que el oficial clavó la mirada en Amy y repitió:

—¿No tienen tarjeta de embarque?

La mirada de los ojos perplejos de Dan decía: «Tú eres la hermana mayor... ¡haz algo!».

Las ideas iban y venían de la mente de Amy como las olas del mar. ¿Cómo podían estar allí los Kabra? Ella y Dan los habían dejado inconscientes en medio de las llamas en Venecia. ¿Quién los había rescatado? ¿Cómo se habían recuperado tan rápido? ¿Cómo habían robado las tarjetas de embarque?

Todo el mundo, todas las personas del aeropuerto miraban ahora a Amy. Odiaba que la gente la mirase fijamente y lo odiaba aún más si lo hacían porque los Kabra la habían humillado. Ellos siempre se les adelantaban, siempre estaban una pista más cerca del secreto Cahill, no importaba cuánto se esforzasen ella y su hermano. Los Kabra eran más inteligentes, rápidos, fenomenales y... despiadados. Se estaban haciendo pasar por Dan y Amy y estaban a punto de tenderle una emboscada a una niñera indefensa. ¿Cómo iba Amy a informar de todo eso? Abrió la boca para hacerlo, pero era superior a sus fuerzas. Había demasiados ojos y se sentía como si alguien le hubiera cortado las cuerdas bucales. No consiguió articular palabra.

—Muy bien... gracias, Amy —dijo Dan—. Mire amigo... oficial... ¿ve a esos niños? ¿Los Kabra? Bueno, en realidad son un niño y una niña. Nos han robado, *capisci?* En sus billetes pone Cahill y ellos no son Cahill... Bueno, técnicamente sí que lo son, pero pertenecen a una rama diferente de la familia: a los Janus, no... a los Lucian, y nosotros no sabemos qué somos, o sea, de qué rama somos, pero estamos emparentados... En fin, estamos todos compitiendo en lo mismo, en una especie de reto que lanzó nuestra abuela en su testamento, se podría decir, pero bueno... es una historia muy larga, ¡lo importante es que HAY QUE PARAR A ESOS DOS! *PRESTO!*

—Lo siento —dijo el oficial—, si no tienen tarjeta de...

Amy agarró del brazo a Dan. Aquello no los iba a llevar a ningún lado. Tenían que encontrar a la señorita Rinaldi... o al supervisor que la había llamado, pues esa persona estaría por encima de todos los demás. Tal vez hubiese aún alguna posibilidad y podrían impedir que el avión despegase.

Los dos hermanos corrieron hacia la esquina otra vez y siguieron más allá del lugar donde habían chocado con los Kabra, hasta el pasillo principal. Se podía ver un conjunto de tiendas en la distancia. A su derecha había un armario de puertas de cristal con un cartel que decía «SÓLO PERSONAL AUTORIZADO».

A su izquierda, un puñado de personas rodeaba la entrada de los servicios de señoras, de donde salía un grupo de auxiliares médicos con una mujer en una camilla.

Los policías llegaban corriendo de todas direcciones para unirse a ellos.

La escena era un caos, un completo alboroto. Amy asomó la cabeza entre las personas mientras corría, esperando encontrar una cara familiar.

Allí estaba. Un mechón de pelo rubio que caía sobre un hombro hizo que Amy lo entendiera todo.

—¡Mira, Dan!

—¡Oh! ¡Vaya...! Ahora puedes hablar. ¿Qué?

Escabulléndose delicadamente entre las personas de la multitud, había una mujer alta que llevaba un uniforme de Japan Airlines que le quedaba, por lo menos, una talla grande.

Ver el rostro de esa figura familiar fue suficiente para desbloquear el grito más alto y agudo de Amy.

—¡IRINA! —chilló a pleno pulmón.

No había ninguna posibilidad de error: era Irina Spasky, que caminaba con su férreo porte militar, moviendo los hombros como si fuesen un par de cuchillas. Irina era otro miembro de la familia Cahill involucrado en la búsqueda de las 39 pistas. Como Ian y Natalie, era despiadada. A diferencia de ellos, había trabajado como espía para la KGB.

Irina no retrocedió, ni dio señales de haber oído a Amy, pero empezó a caminar con mayor rapidez.

Al poco desapareció entre la multitud como si nunca hubiera estado allí.

—¡Deténganla! —Dan echó a correr hacia ella y casi choca contra un hombre en silla de ruedas que parecía bastante amargado.

—*Polizia!* —gritó el hombre, levantando su bastón como si quisiera golpear a Dan en la cabeza.

Dan se agachó y Amy lo empujó, tratando de no perder de vista a Irina. Se abrieron camino a base de codazos y cuando por fin atravesaron la multitud y llegaron a una área con menos gente, Irina había desaparecido.

—Se ha esfumado —afirmó Dan.

—No puedo creerlo —dijo Amy, tratando de recuperar el aliento—. Estaba trabajando con Ian y Natalie, se han aliado contra nosotros.

—Pero... ¿podemos estar seguros de que era ella? —preguntó Dan—. O sea... ¿de dónde habrá sacado Irina ese uniforme?

Antes de que pudiese terminar la pregunta, una voz gritó en italiano por megafonía y la multitud se dispersó rápidamente. Una pequeña ambulancia con la sirena en marcha se abrió paso a través del aeropuerto.

Los murmullos corrían entre la multitud, principalmente en idiomas que Amy no entendía; entonces vio a un par de turistas con gafas de sol, muchas cámaras, horribles camisetas hawaianas e insípidas sonrisas.

—Mira, Dan —dijo la joven—, compatriotas. Vamos a escuchar lo que dicen.

Así que se acercaron a ellos lo suficiente como para poder oír parte de la conversación. Los turistas hablaban de la mujer de la camilla.

Dan parecía confundido.

—La han asaltado en los servicios de señoras.

—¿Asaltada? —dijo Amy—. ¡Seguro que se trata de la azafata del avión, Dan! Irina la ha dejado sin sentido y después le ha sacado el uniforme.

—Vaya —respondió su hermano, que parecía bastante impresionado.

Amy echó un vistazo por la ventana y vio cómo el avión se iba alejando de la puerta número 4 y estaba girando sobre el asfalto.

Se estaban yendo, ya se habían separado del túnel y se dirigían hacia la pista de despegue.

Amy se dejó llevar por el pánico.

—No mires ahora, ¡pero ya se están yendo!

—¿Dónde está la puerta? ¡Aún podemos correr detrás de ellos!

—Vale, Dan, hazlo. Mientras yo iré a ver si consigo un billete para el próximo vuelo, y pediré sólo un billete, claro, porque tú, o mejor dicho, tus restos aún estarán en el motor del avión que te aspire ahí fuera. —Amy echó a correr de nuevo, en dirección al mostrador de reservas—. O si lo prefieres, ¡puedes venir conmigo!

Fuera, las ventanas del vuelo ocho, cero, siete no eran ya más que opacos agujeros negros en la distancia. Amy sabía que detrás de una de ellas viajaba Nella, en una situación a la que ningún ser humano debería tener que enfrentarse.

Estaba sola con los Kabra.

Dan siguió a Amy por entre la multitud de los controles de seguridad mientras se dirigía de vuelta al mostrador de recepción. La cola para los billetes daba un par de vueltas a la sala y ellos ocuparon su lugar al final.

Intercambiaron miradas silenciosas. Amy sabía que Dan estaba pensando exactamente lo mismo que ella. Él suspiró y miró con tristeza el movimiento de la cinta transportadora.

—*Saladin* también va en ese avión —dijo Dan—. Y nuestras espadas.

Amy hizo un esfuerzo por no tirarse al suelo y echarse a llorar allí mismo, en medio de la terminal. Todo les estaba saliendo mal. Su racha de mala suerte había empezado siete años atrás, con la muerte de sus padres en el incendio de la casa. ¿Cómo se suponía que iban a lograrlo ellos dos solos? Los Kabra tenían dinero y contaban con el apoyo de sus padres. Además, ahora se habían aliado con Irina. Los Holt eran una familia al completo. Jonah Wizard tenía a su padre, que planeaba cada momento de su vida. Amy y Dan tenían que enfrentarse a... familias. Equipos. Generaciones. Llevaban todas las de perder.

Ojalá Grace les hubiera hablado antes de todo esto, cuando su padre y su madre aún estaban vivos. ¡Ojalá aún estuvieran vivos! Pensar en ellos sólo provocaba que se pusiera peor. Amy no había dejado de soñar con ellos cada noche. De vez en cuando, veía sus caras sonrientes, cómplices, amables, y entonces podía sentir si aprobaban o no sus acciones, así como su orgullo cuando las cosas le salían bien. Ellos estaban ahí, en su mente y después... ¡Ups! Se marchaban. Y entonces ella volvía a sentirse totalmente perdida de nuevo.

—¿Amy? —dijo Dan, con curiosidad, y allí los vio... otra vez. En los ojos del bobo de su hermano. No eran sus caras, exactamente, pero eran ellos. La miraban, como si hubiesen tomado prestados los rasgos de Dan durante un instante. Algo que ninguna persona en su sano juicio haría.

En ese momento, supo exactamente cuál era la solución más acertada.

—A las cinco y diez sale un avión —anunció ella, leyendo la pantalla de salidas que tenía delante—. La seguridad de Nella está en juego. Tenemos que ponernos en marcha.

—¡Genial! ¡Ni nos retiramos, ni nos rendimos! —dijo Dan, animado—. Entonces ¿ya sabes cómo vamos a pagar el vuelo?

¡NIIINOOO! ¡NIIINOOO! ¡NIIINOOO!

Una alarma saltó en la terminal poniendo fin a cualquier controversia. Inmediatamente después, una voz habló por megafonía, primero en italiano, después en francés, luego en alemán, hasta que finalmente:

«Señoras y señores, hagan el favor de dirigirse a la salida más próxima. Esta terminal deberá ser evacuada por razones de seguridad...».

La gente gritaba y corría frenéticamente, tropezando y cayendo unos encima de otros. Amy corrió hacia la puerta, tirando de su hermano, que iba detrás de ella, mientras escuchaba palabras sueltas que sí llegó a entender: «amenaza de bomba», «terroristas», «llamada telefónica anónima»...

Cuando alcanzaron la puerta, la atravesaron y comprobaron que, aunque el día se había vuelto gris, las sinuosas calles de acceso estaban plagadas de puntitos de luz que se hacían cada vez más grandes a medida que los vehículos se iban acercando. Los pasajeros se acumulaban en la acera, gritando por sus teléfonos móviles y corriendo hacia los autobuses y taxis. Dan y Amy se abrieron paso entre la multitud hasta llegar a la carretera, donde un autobús recogía a las últimas personas que cabían en él.

La puerta se cerró en sus narices y el autobús arrancó ruidosamente y se dispuso a incorporarse a la circulación, por más que el tráfico estaba totalmente atascado. Dan corrió tras él y golpeó en la ventana.

—¡Deténgase! *Pasta!*

—¿*Pasta?* —preguntó Amy desconcertada.

—¡Mi vocabulario es muy limitado! —gritó Dan—. *Pizza! Mangiare! Buon giorno! Gucci!*

Una limusina negra frenó ruidosamente a pocos centímetros de ellos y casi los atropella.

—*Gucci,* sabía que ésa era la clave —afirmó el muchacho.

La ventana tintada del lado del conductor se abrió y un hombre que llevaba gafas de sol y un poblado bigote, muy calmadamente, les hizo una señal para que entrasen.

Amy abrió la puerta del pasajero y se metió dentro, tirando de su hermano para que entrase después de ella.

—¡Eh! —gritó un pasajero desesperado, sacando un fajo de billetes de su bolsillo y mostrándoselo al conductor por la ventanilla—. *Soldi, soldi!*

Dan cerró la puerta y tres personas cayeron encima del coche, golpeándolo y gritando. El conductor se dispuso a continuar la marcha y cerró la ventanilla, que casi le amputa el brazo al hombre del dinero.

—Muchas gracias, amigo —dijo Dan—, o *grazie...* o como se diga.

—¿Vamos al otro aeropuerto? —respondió el hombre con un fuerte acento que no sonaba italiano.

—¿Hay otro aeropuerto? —preguntó Dan.

—Para pequeños aeroplanos —dijo el hombre.

—Pero... —dijo Amy tartamudeando— no tenemos din...

Dan le dio un codazo en las costillas.

—Tengo que decirle la verdad —susurró la muchacha.

Dan la golpeó de nuevo y Amy lo fulminó con la mirada.

—¿Podrías parar de...?

Fue entonces cuando se dio cuenta de que había otra persona sentada en la parte de atrás. Era un hombre asiático con una plácida sonrisa, que llevaba un traje de seda, guantes blancos y un bombín.

—Saludos, mis escurridizos primos —susurró Alistair Oh.

CAPÍTULO 3

El padre de Alistair siempre decía que en cada Oh hay un elemento de sorpresa.

No es que Alistair recordase cómo lo decía, teniendo en cuenta que él era sólo un niño cuando su padre murió. Pero era una característica de la familia Oh el mezclar la verdad con una pizca de ingenio.

Desgraciadamente, el silencio hostil de los hermanos Cahill dejó perplejo al anciano, que había creído que les gustaría su particular sorpresa.

Dado que Serge daba volantazos a izquierda y derecha, forzando al vehículo a rodear por lugares por donde ningún ser humano racional se hubiera atrevido a circular, los niños iban de un lado a otro en el interior del coche. Parecía que odiasen tocar a Alistair o incluso mirarlo, como si se tratase de alguna sustancia desagradable, como los espárragos cocidos, por ejemplo. Y eso que acababa de rescatarlos de las garras del caos para llevarlos de nuevo a su lugar de destino. Trató de sonreír para tranquilizarlos. Sintió lástima por ellos: parecían tan pequeños y asustados, tan solos. Entendía perfectamente cómo se sentían, más de lo que ellos se pensaban.

—¿Saben qué? —gritó Serge, tratando de hacerse oír a pesar de los furiosos pitidos de los coches—. Yo también tengo hijos, dos. Una niña de catorce años y un niño de once. ¡Sí! En serio. Viven en Moscú.

Alistair no perdía a Dan de vista, pues no tenía buen aspecto, parecía enfermo. El muchacho trató de abrir la puerta como mínimo veinte veces en dos minutos. Afortunadamente, Alistair se había asegurado de activar el cierre de seguridad.

—No te molestes, por favor —dijo él—. Así sólo conseguirás desarrollar problemas en el túnel carpiano que te pasarán factura dentro de unos años. Además, me pone nervioso porque no es seguro para ti.

—Así que estabas detrás de todo esto, ¿no? —preguntó Dan—. Con los Kabra e Irina y la amenaza de bomba. Ahora estás trabajando con ellos.

Alistair gesticulaba nervioso. Sabía que iba a ser difícil ganarse su confianza y que podrían hacer graves acusaciones sobre su persona. También sabía que le guardaban rencor y lo entendía perfectamente. Dejarlos en una casa en llamas el día de la lectura del testamento había sido una desafortunada necesidad... así como un error personal y estratégico. Uno del que se arrepentía profundamente.

—Créeme, querido sobrino, no tengo la menor idea de...

—¿Creerte? —respondió Dan, girando la cabeza para clavar sus ojos en los de él—. Veamos: nos abandonaste en casa de Grace cuando se estaba desmoronando a nuestro alrededor, pusiste un dispositivo de seguimiento en *Saladin*...

—¿Un dispositivo de seguimiento? ¿Éste? —Alistair metió la mano en el bolsillo y sacó un aparato electrónico del tamaño de una chapa—. Creo que fuisteis vosotros quienes me lo endilgasteis a mí en el museo en Salzburgo, cuando me quedé traspuesto.

—Te lo merecías, tío Alistair —dijo Amy inquieta—; tú lo habías escondido primero en el collar de *Saladin*.

—No, querida muchacha —respondió Alistair con una dulce sonrisa, tratando de calmar los nervios de la joven—. Era otra persona la que os estaba controlando, no yo. Recordad que muchos otros miembros de la familia están compitiendo por las pistas. Yo estoy de vuestra parte. Yo, como vosotros sabéis, creo en la cooperación.

—Vaya, qué divertido —respondió Dan—. Ve a la tele y cuéntalo en algún programa de chistes.

«Paciencia. Ten paciencia.» Alistair cruzó sus manos, cubiertas con guantes blancos, sobre sus piernas.

—Pensad bien quién os ha rescatado hoy —dijo él—, y quién, con tan poco tiempo, se las ha arreglado, no sólo para encontraros, sino también para planear un modo de escape. Considerad esto como un bonus; voy a llevaros a donde sea que necesitéis ir en un avión privado. Y sólo voy a pediros una cosa a cambio: que me digáis adónde vais, lo cual, dadas las circunstancias, es una necesidad.

—¿Tú tienes tu propio avión? —preguntó Amy.

Alistair sonrió modestamente.

—Bueno, no es mío. Pero aún tengo contactos empresariales y me deben algunos favores que puedo reclamar en momentos de emergencia. El hecho de haber inventado el burrito para microondas me ha proporcionado ciertas ventajas financieras.

—¡En el avión también los tenemos! —exclamó Serge—. De ternera, de pollo, de queso...

El bueno de Serge. La experiencia les había enseñado a los

dos el valor del lema de la compañía Oh: El camino al corazón de un joven es a través de las comidas para microondas.

Amy suspiró.

—Está bien, una vez estemos en el avión, si nos ponemos de acuerdo en qué garantías tendremos, entonces...

—¡Amy! —explotó Dan—. ¡Para el carro! Si vamos a hacer esto, lo haremos los dos solos.

Amy lo fulminó con la mirada.

—En ese caso, ¿supongo que iremos nadando a Japón? Déjanos en un centro comercial, tío Alistair, que necesito aletas, las mejores que haya, con repelente de tiburones.

Dan gimió quejándose.

—¡Has dicho la palabra con J, Amy! ¡Se la has dicho!

—¿Acaso tenemos otra elección, Dan? —preguntó la joven—. Tienen a Nella, *Saladin* y nuestras esp...

Amy se paró de repente, y Alistair la miró animándola a continuar. La pobre muchacha había hecho tantos progresos con su timidez...

—¿Vuestras...?

—Nuestras esperanzas de encontrar la próxima pista.

Alistair asintió. Japón. Excelente. Así que era ahí donde se encontraba la próxima pista. Aquello suponía un giro en los acontecimientos muy interesante. Se incorporó para hablar con el conductor.

—¿Crees que podemos ir hasta Japón, Serge?

El chófer se encogió de hombros.

—Bueno, tendremos que parar a repostar a mitad de camino, en Moscú. Cuando paremos, ¡podrán conocer a mis hijos, Kolya y Tinatchka! Llamaré para avisarlos de que vamos.

—Por favor, Serge —dijo Alistair—. No se trata de un viaje social.

Serge dejó salir una gran carcajada.

—¡Kolya y Tinatchka no son socialistas!

Dan miró enfurecido a su hermana. «Espadas», había estado a punto de decirlo. «Tienen a Nella, *Saladin* y nuestras espadas.» Al menos esa vez se había frenado. Una cosa era decirle cuál era su destino a un tipo tan astuto como aquél, y otra muy distinta decirle cuál era la pista. Algunas cosas debían seguir siendo secretas. Incluso las hermanas tontas lo sabían.

Pudo reconocer la mirada en los ojos de Amy ahora. Era de disgusto, pero mucho más acentuada que la habitual, mucho más que la típica «Mira que eres tonto», o «No, ahora no es momento de comer». Esta mirada decía: «Como lo eches todo a perder, te mato».

Eso era exactamente lo mismo que él sentía también.

El tío Alistair metió la mano en el bolsillo y sacó dos pequeños aparatos electrónicos, que les entregó a Dan y a Amy con una falsa alegría, como un mayordomo loco que finge ser Papá Noel.

—Éstos son dispositivos GPS de última generación. Colocadlos en vuestros teléfonos, como yo ya he hecho con el mío. Aún no sé cómo encriptar la señal en ciento veintiocho bits, pero la encriptación más baja que viene por defecto debería ser suficiente. La cuestión es que, una vez que estemos en Japón, tenemos que mantenernos en contacto.

Serge le estaba enseñando una tarjeta de identificación a un guardia en un puesto de control de accesos. La limusina entró en una carretera estrecha que iba a dar a un diminuto aeropuerto, pasó por delante de varios helicópteros y se detuvo al lado de un largo y abierto hangar.

Serge salió rápidamente del vehículo y abrió la puerta de pasajeros. Con una sonrisa radiante, hizo un gesto ostentoso hacia el hangar.

—Saluden a mi querida *Ludmila*.

—¿Otro hijo? —preguntó Dan—. Pero ¿cuántos tiene? —El muchacho buscó a izquierda y a derecha, pero el lugar parecía estar vacío, a excepción de algunas aeronaves y unos empleados fornidos y sin afeitar. Ninguno de ellos tenía pinta de llamarse Ludmila.

—Eh... no la veo —dijo Amy dócilmente.

Pero Dan se distrajo por un destello plateado tras el que apareció un elegantísimo avión. Tenía ventanas tintadas, un perfil como el de un cuchillo y una cabina de mando abierta que decía a gritos: «Entra aquí para vivir el mejor viaje de tu vida».

—Ésta —dijo Serge, mientras la nave se aproximaba y se detenía justo delante de ellos— es *Ludmila*.

CAPÍTULO 4

Acostumbrada a viajar en primera clase, Natalie se esperaba que el avión tuviera asientos de cuero, mayordomos y restaurante bufet, pero se encontró con que los asientos eran muy duros y su acompañante era un cerdo.

No era sólo por la actitud de la niñera, que era inaguantable, ni por los tatuajes o *piercings*, que algún día ya la avergonzarían enormemente en su trabajo, si es que algún día encontraba uno de verdad. Ni siquiera era tampoco por lo grosera que se mostraba con ella y con su hermano. Obviamente y dadas las circunstancias, no era precisamente una cálida bienvenida ni un abrazo lo que se esperaba, pero la oleada de epítetos sobre ganado era un poco... en fin, indecorosa, por no entrar en detalles.

Sin embargo, eso era lo que podía esperar uno de una persona como Nella, y Natalie e Ian podían soportar la ordinariez. Había que sacrificarse de alguna forma para conseguir la información que necesitaban.

Lo que peor llevaban, de todos modos, era la dejadez: los envoltorios de caramelos y paquetes de patatas fritas se extendían a su alrededor, y la mochila estaba ahí tirada por el suelo entre sus pies, en lugar de acomodada bajo el asiento de delante. También le molestaba su costumbre nerviosa de meterse puñados de panchitos en la boca y hablar con la boca llena. Horroroso. «Las costumbres descuidadas resultan en mentes descuidadas», era un famoso dicho de la familia Kabra. O tal vez lo hubiera leído en alguna recopilación de citas. Natalie no estaba demasiado segura.

La joven hizo un gesto de dolor al escuchar a la repugnante niñera hablar con la boca llena de comida.

—¡Pffdón, gnos desjagüé cosargáis col la güestre! —dijo Nella, escupiendo pedazos de cacahuete y panchitos a todos los rincones del avión.

El hermano de Natalie, Ian, recogió un trozo de cacahuete de su impecable pelo negro azabache.

—Por favor, ¿podrías tragar y volver a decirlo?

Nella engulló lo que tenía en la boca.

—Lo siento. Me da igual lo que digáis, no permitiré que os salgáis con la vuestra.

—Oh... —Ian miró por encima de su hombro, a un lado y a otro del pasillo del avión—. ¿Tú ves a alguien dispuesto a ayudarte? ¿No? ¿Qué opinas, Natalie, nos hemos salido con la nuestra, o no?

—Puedes hacer que todo sea más fácil, ya sabes, respondiendo a una simple pregunta... —dijo Natalie, presionando a Nella. Se lo habían preguntado mil veces, y cada respuesta había sido más impertinente que la anterior. Pero si sabía lo que era bueno, tenía que aprender. Y si no, bueno, los Kabra conocían otros modos de hacer las cosas—. Una vez más: ¿Por qué os dirigíais a Japón?

Utilizando como catapulta una revista del bolsillo del asiento de delante, Nella le lanzó a Ian unos auriculares y unos cuantos pañuelos usados, pero él se apartó de un salto y gritó disgustado.

—Porque me encantan los sudokus —respondió la niñera—. Los mejores sudokus del mundo están en los aviones que van a Japón, ¿o es que no lo sabías?

—¿Café, té, más cacahuetes...? ¿Qué puedo ofrecerle para que éste sea su mejor vuelo? —dijo una de las azafatas, mientras caminaba lentamente por el pasillo.

—Un refresco sin azúcar y una orden de alejamiento, por favor —respondió Nella—, porque estos dos no deberían estar en estos asientos y me están acosando.

Ian soltó una carcajada campechana.

—¡Ja ja! Vaya, prima Nell, tus bromas son siempre graciosísimas y geniales, ¿verdad, Amy?

—Sí, Daniel —respondió Natalie—. Es como estar de nuevo en casa, en... Homedale, nuestra querida aldea.

—Oh, vaya, ha sido muy convincente —afirmó Nella—. ¿Hay algún policía a bordo? Porque si no, voy a tener que arrestar a esta gente yo misma. ¿Se puede hacer eso en Italia, o dondequiera que estemos?

Inquieta y con una sonrisa en la boca, la azafata colocó un refresco en la bandeja de Nella. Cuando ésta se incorporó nuevamente, Natalie se volvió hacia la mujer, que estaba perpleja, y llevándose un dedo a la sien, hizo un gesto disculpándose por lo loca que estaba la pobre de su prima.

Al otro lado de la ventana, se vio el destello de un relámpago y el avión empezó a tambalearse.

—Bueno, parece que estamos experimentando unas pequeñas turbulencias... —anunció el piloto por megafonía.

La azafata siguió su camino por el pasillo del avión y advirtió a los pasajeros:

—Por favor, coloquen sus asientos en posición vertical.

Ian gimió.

—No... no me siento muy bien...

Al verlo inclinarse hacia adelante, con la cara medio verde, Nella empezó a preocuparse, pero Natalie sonrió. Ella y su hermano lo tenían todo planeado. Una señal para cada jugada. Los Kabra eran maestros de la planificación detallada. La actuación de Ian tenía un significado concreto y Natalie sabía exactamente qué hacer.

Sin embargo, no pudo evitar sentir lástima por la muchacha. A pesar de ser tan vulgar, tenía coraje y espíritu. En otras circunstancias y otro momento, podría haber sido una buena empleada de la familia Kabra.

—Oh, no irás a vomitar, ¿verdad? —preguntó Nella—. Odio el olor del vómito.

Mientras Nella trataba de encontrar una bolsa para el mareo entre toda la basura que había por el suelo, Natalie sacó de su bolsillo un pequeño frasco con un líquido negro en su interior. Hábilmente, vertió el fluido en la bebida de la niñera. Con dos gotas bastaría.

Una nueva turbulencia provocó un fallo en el pulso de Natalie, que, bruscamente, derramó el vial entero en el refresco.

«¡Ups!»

El sonido del teléfono despertó a Dan de un sueño profundo.

Lo primero que notó fue la huesuda y blanca mano de Amy, que se aferraba con fuerza al brazo del asiento.

—No entiendo cómo puedes dormir en un momento como éste —dijo ella entre dientes.

El pequeño avión se ladeó hacia la izquierda, haciendo que Amy dejase escapar un grito.

—¡Genial! —exclamó Dan—. ¡Hazlo otra vez, Serge!

Serge se rió.

—¿Te ha gustado?

—¡No! —protestó Amy.

Alistair apenas podía oír el teléfono.

—¿Quién llama? —preguntó, haciendo un gesto para que dejasen de hacer ruido—. ¿Irina?

Amy gimió.

—Sí, lo consiguieron —dijo Alistair en voz alta—. Están conmigo, bastante seguros y parece que... ¿Cómo? ¿Has dicho Japón? —El anciano profirió una enorme carcajada—. Vaya..., ¿realmente pensabas...? ¿En serio creías que Dan y Amy impedirían a los Kabra que se llevasen los billetes?, ¿que no iban a usar a su niñera como señuelo para engañarlos? Oh, eso es... no, no Irina... ¿Qué? No te oigo bien. Tal vez no me hayas entendido. ¡Sí, por supuesto... los Cahill se van a Japón, exactamente. Hasta luego, querida.

—Eh... ¿qué le estabas contando? —preguntó Dan.

Alistair sonrió.

—Conozco a Irina muy bien. En estos momentos está convencida de que les habéis tendido una trampa a los Kabra, y no al revés. Confiad en mí, después de lo que le acabo de decir, el último lugar en el que os buscaría en estos momentos es Japón.

—¿Sí?, ¿tú crees que la has convencido? —dijo el muchacho—. No te ofendas, pero a mí me sonaba bastante fingido.

—Puede que haya fracasado con muchas cosas en mi vida, pero en seguida sé de qué pie cojea todo el mundo —respondió Alistair—. Exactamente así es como funciona Irina Spasky.

Amy giró la cabeza hacia el anciano y observó su palidez. Era un hombre inteligente en muchos sentidos, pero estaba un poco chapado a la antigua, y había pasado por alto algo increíblemente obvio.

—No estés... tan seguro... —dijo ella.

La voz del piloto, en ruso, pidió autorización para aterrizar y la obtuvo inmediatamente.

Ladeando hacia la derecha, el avión descendió en picado hacia un pequeño aeropuerto a las afueras de Moscú. En aquel seco y desértico paisaje, la pista de aterrizaje parecía un paraje fantasmagórico.

Los dedos de la solitaria pasajera apretaron con fuerza los brazos de su asiento cuando las ruedas del avión tocaron tierra. Estos aterrizajes resultaban siempre más bruscos de lo que ella se esperaba.

Cuando el aeroplano redujo la velocidad al rodar por el asfalto, ella pudo contemplar la elegancia del plateado Cessna que estaba en pleno repostaje. Una impresionante obra de ingeniería.

—Pare aquí —dijo Irina.

Ahora podía ver al anciano, que andaba cojeando con la ayuda de su bastón. Iba vestido esmerada y correctamente, como siempre. El bombín y las gafas de sol le proporcionaban un sutil aspecto refinado. A Irina le gustaban los hombres tradicionales, que no eran esclavos de las modas. Esta vez, la ropa le quedaba un poco justa, pero en momentos de estrés como aquél, ¿quién no había engordado algo?

Poco después, aparecieron los monstruitos, que iban tapados hasta las orejas con abrigos y gorros. Como siempre, iban protegidos, primero por Grace Cahill y ahora por su tío. Nunca había podido entender por qué Oh había vendido su alma a esos dos. Algún día le daría una lección.

«Te van a traicionar, Alistair, a menos que los traiciones tú a ellos antes», pensó ella.

Sonrió. La idea de la debilidad humana siempre le levantaba el ánimo después de un largo viaje. En sus tiempos en la KGB, el abanico de traiciones era todo un lujo: chantaje, mentiras piadosas, traspapeleos, periodismo amarillo...

«Equipos, bah», pensó ella. Los equipos eran inútiles en la búsqueda de las 39 pistas. Con un secreto tan poderoso en juego, las envidias eran inevitables y ninguna alianza podría sobrevivir.

Irina pensaba encontrar las pistas ella sola. Sin la ayuda de niños ricos y perezosos, ni solterones magnates de los tacos, ni ingenuos huérfanos. Para ellos, los amateurs, éste era tan sólo un juego de misterio. Para Irina era muy distinto. En su opinión, el botín se lo merecía aquel que hubiese apostado más alto. El lobo solitario en búsqueda de justicia... y venganza.

Al otro lado de la pista, el trío se subió al avión. Irina se inclinó hacia adelante, observando su teléfono móvil, que aún mostraba las coordenadas GPS de su última llamada: Oh, Alistair.

—Oh, Alistair, el mismo que viste y calza —susurró ella—, nunca sabrás cuánto me estás simplificando la persecución...

—*Shto?* —dijo su piloto.

—Síguelos, Alexander.

Tiró de la palanca de cambio y el motor del avión cobró vida con un zumbido. Delante de ellos, el Cessna se colocaba en posición de despegue.

Ahora podría comprobar si el hombre decía la verdad sobre su destino final.

Entonces la anciana mostró una gran sonrisa. Nada ni nadie se había podido interponer jamás en el camino de Irina Spasky.

CAPÍTULO 5

El hermano de Amy nunca se sentía cómodo en un lugar nuevo hasta que cometía un acto de ignorancia. En Tokio, tuvo lugar a la mañana siguiente de su llegada al hotel Muchas Gracias.

—Dan, no puedes coger algo y llevártelo así, sin más... Eso es robar —lo regañó Amy, cuando lo vio tratando de meterse un cenicero del hotel en el bolsillo trasero de sus vaqueros.

—¡Ni se darán cuenta de que ha desaparecido! —protestó el muchacho—. Lo necesito para mi colección.

Dan coleccionaba todo tipo de cosas. Si cabía en la casa y no estaba encadenado al suelo, entonces él lo coleccionaba.

—Tu hermana tiene razón —dijo el tío Alistair con un aire severo, mientras se detenía y se apoyaba en su bastón, de camino a la puerta principal. Olía a *aftershave* y a gel de ducha. Durante el viaje del aeropuerto al hotel, había parado para comprarles algo de ropa y había insistido en que se aseasen y durmieran bien.

Amy no consiguió pegar ojo ni un segundo. Por un lado estaba demasiado nerviosa y por otro, Dan no paraba de maullar en sus sueños. Extrañaba mucho a *Saladin*, aunque eso no había frenado su obsesión por coleccionar cosas. Amy extendió la mano y el muchacho, a regañadientes, le entregó el cenicero.

—Está bien, pero ¿me compras entonces un libro de cerillas del hotel Muchas Gracias? —pidió el joven.

Amy volvió a dejar el cenicero en una mesa del vestíbulo, mientras Dan intentaba pasar desapercibido detrás de ella. Aún no habían conseguido pronunciar el nombre real del hotel, así que lo apodaron con la frase que todos los empleados decían cada vez que hablaban con ellos. Cuando compraron el libro de cerillas en la recepción, Amy sonrió a la recepcionista y ella le respondió con un «¡Muchas gracias!».

De camino a la puerta principal, Dan observó a Alistair, que caminaba bastante alejado de ellos.

—Escapémonos —murmuró él—, tenemos que encontrar a los nuestros: Nella y *Saladin*.

—¿Estás loco? —susurró Amy—. El tío Alistair ha pagado el hotel, además él habla japonés y eso nos ayudará a movernos por la ciudad.

—¡Te cae bien! —dijo Dan horrorizado—. ¡Te ha lavado el cerebro!

Amy lo miró fijamente.

—Ni me cae bien ni me fío de él. Pero sin su ayuda estamos perdidos, Dan. Así que tenemos que fingir, al menos hasta que Nella nos encuentre.

—¡O nosotros la encontremos!

Dan refunfuñó todo el camino hasta que se juntaron con Alistair en la entrada principal. Salieron todos juntos y vieron que hacía un precioso día de sol. A su izquierda, delante de un enorme y reluciente centro comercial, unas personas disfrazadas de superhéroes de cómics saludaban a los compradores. En el aire, se podía oler el perfume de alguna extraña flor que procedía de un parque al final de la concurrida calle, que estaba atestada de coches y bicicletas. Amy encontraba que Tokio era una ciudad muy parecida a Nueva York, pero sin toda aquella gente gritándose unos a otros.

Dan miraba fijamente hacia arriba, embobado, observando una estructura de acero que se erigía en el parque.

—Genial, ¡han traído la torre Eiffel y la han pintado de rojo y blanco!

Alistair sonrió.

—La torre de Tokio es mayor que su homóloga parisina, pero también más ligera, debido a los avances en las construcciones de acero, unos adelantos que, de hecho, tuvieron lugar gracias a un ingeniero Ekat. Mi ilustre familia. ¿Y veis aquel edificio de apartamentos tan alto que tiene los lados curvos? Recuerda a una flor japonesa que se encuentra en abundancia en el parque Shiba. Es una creación de un arquitecto Janus.

—Entonces... ¿las flores del parque están hechas de acero?

—Yo conozco a uno que tiene el cerebro hecho de latón —respondió Amy, mirando después a Alistair—. ¿Cómo sabes tantas cosas de tu familia?

—Algún día os enseñaré mi colección —dijo Alistair—. Pero vamos a ponernos manos a la obra. El viaje en taxi a la biblioteca principal dura diez minutos.

—Una biblioteca... ¡Estupendo! No puedo esperar —dijo Dan, ausente, jugueteando con su libro de cerillas—. Ya sé, ¿por qué no vais vosotros hasta allí y yo compro algo de sushi de atún y cojo un taxi al aeropuerto? Nos vemos luego.

—¿Qué te hace pensar que *Saladin* está en el aeropuerto? —preguntó Alistair, que caminaba hacia la carretera.

—Creo que hay dos posibilidades —dijo Dan—. La primera: que los Kabra le hayan lavado el cerebro a Nella y estén recorriendo con ella toda la ciudad en nuestra busca. Y la segunda: que Nella se las haya arreglado para dominarlos con las técnicas superiores de ninja que ha desarrollado sin enterarse debido a que las ha adquirido telepáticamente desde mi cerebro. Aunque en realidad, creo que la opción número uno tiene más números. De cualquier forma, *Saladin*...

Al muchacho se le oscureció el rostro.

—No puedo dejar de pensar en él, en aquella cinta transportadora, completamente solo, yendo de un lado a otro...

—Entiendo que quieras a tu mascota —dijo Alistair—, pero debéis pensar en vuestra seguridad ante todo. Los Kabra supondrán que habéis venido a Japón y se imaginarán que iréis al aeropuerto a buscar a vuestro adorado felino y a vuestra niñera...

—Cuidadora —lo corrigió Dan.

—No podéis arriesgaros a caer en una trampa —continuó el anciano.

A Amy la ponía enferma el no saber dónde estaban Nella y *Saladin*. Desde que llegaron, había intentado contactar con Nella varias veces llamándola al móvil. Odiaba tener que decirle a Dan que no intentase encontrarlos.

—Conociendo a Natalie y a Ian —dijo Amy, siguiendo a Alistair hacia una parada de taxis—, nos encontrarán.

—Pero... —protestó Dan.

—Tenemos que seguir adelante —dijo Amy—. Nella sabe arreglárselas sola.

Dan suspiró.

—*Saladin* también, me imagino, o sea, para ser un gato y eso...

De camino hacia la plaza, Dan no paraba de encender cerillas y soplarlas.

—¿Podrías parar de hacer eso? —le regañó Amy.

—¿Por qué? —respondió Dan, encendiendo otra—. Es divertido. Así me olvido de que estamos ignorando a las dos personas que realmente nos importan y que, además, a pesar de estar en la tierra de los ninjas, los dragones y las geniales artes marciales, vamos a pasarnos otro día más en la biblioteca.

Cuando llegó a la parada de taxis, Alistair habló con el conductor en un rápido y fluido japonés e hizo un gesto para que los dos niños entrasen en el coche.

Se apresuraron por la carretera, tratando de esquivar el tráfico. Atravesaron calles de modernos edificios de acero y ocasionales pagodas antiguas decoradas con jardines a su alrededor.

—¿Por qué no podemos alojarnos en una de estas casitas? —preguntó Dan.

—Son templos —respondió Alistair—; verás muchos más conforme nos acerquemos a nuestro destino. El dictador militar, el sogún, ordenó que llevasen todos los templos hasta allí. En aquel entonces, el distrito de Roppongi estaba bastante alejado de la capital, que entonces se llamaba Edo. Parte del área eran tierras de caza para el sogunato.

—Fascinante —dijo Amy, a quien le encantaba aprender sobre el origen de las ciudades.

Dan asintió y siguió mirando aburrido por la ventanilla.

—Creo que acabo de ver a una celebridad.

El teléfono móvil de Alistair sonó.

—¿Diga? Sí... oh, estupendo, Serge. ¿Que ella qué? Vaya, me lo imagino... Muy bien. Muchas gracias. *Da. Do svidanya!*

Guardó el teléfono y se volvió hacia Dan y Amy.

—Serge y sus hijos acaban de llegar sanos y salvos a Siberia. Irina ha caído totalmente en la trampa. Se pensó que ellos éramos nosotros. Cuando se dio cuenta de que se la habíamos jugado, se enfadó tanto que hasta Serge se avergonzó de las palabras que salían por su boca.

—¡Genial! —exclamó Dan, chocando los cinco con su hermana y su tío.

—Tengo que darte las gracias, Amy —anunció Alistair, con una sonrisa—. ¿Cómo no me di cuenta de que Irina nos podría haber perseguido con el GPS del móvil?

—Yo me di cuenta inmediatamente —dijo Dan, con modestia—. Lo que pasa es que soy más tímido.

Amy puso los ojos en blanco.

—Sí, claro, y yo soy la reina de Inglaterra.

—Pues es posible, eres muy aburrida y estás llena de arrugas, así que...

De un salto se separó de su hermana, antes de que ella le diese una colleja.

Poco después, el taxi se detuvo delante de un moderno edificio que parecía una enorme caja y que estaba al pie de un exuberante parque.

—¡Arisugawanomiya! —anunció el taxista.

A Dan le entró el pánico.

—¿Qué he hecho ahora?

—Es el nombre del parque, y este edificio es la Sede Central de la Biblioteca Metropolitana de Tokio —explicó Alistair, mientras pagaba al conductor y salía del coche—. No tenemos demasiado tiempo antes de que Irina nos alcance. Como hemos desactivado nuestros sistemas GPS, es verdaderamente esencial que permanezcamos juntos. Poned los teléfonos en modo vibración mientras estamos en la biblioteca.

—¿Cómo voy a poder soportar tanta emoción? —dijo Dan, en un tono monótono.

Nada más entrar en el edificio, una esbelta bibliotecaria se acercó a Alistair, hizo una reverencia y empezó a hablarle en japonés. Mostró una sonrisa a Dan y a Amy y les hizo un gesto para que la siguieran.

—¿La conoces? —susurró Dan mientras subían una enorme escalera de mármol—. ¿Es de tu época de sogún cazador?

—No, simplemente está siendo educada —respondió Alistair. Su cojera apenas se notaba—. Me trata con respeto por mi edad, aunque es posible que la señorita Nakamura recuerde mis apariciones en televisión de hace diez años. Mis burritos de microondas Teriyaki de Sublime Sabor causaron bastante furor.

Entraron en una pequeña habitación rodeada de estanterías llenas de libros. En una de las paredes, un par de diminutas ventanas permitían ver la calle. En el centro había varios ordenadores dispuestos de manera ordenada.

—Por favor, no duden en acudir a mí si tienen alguna pregunta —dijo la señorita Nakamura, con un ligero acento. Después, intercambió reverencias con Alistair y cerró la puerta tras de sí.

—Le he contado que estábamos dirigiendo una investigación para una página web interactiva sobre posibles rellenos para los burritos —explicó Alistair, apoyado con las dos manos en su bastón mientras se inclinaba hacia los dos muchachos—. Pero mi pregunta va dirigida a vosotros: en realidad, ¿por qué estamos aquí?

Los ojos de Amy cayeron sobre los de Dan. Alistair les había preguntado anteriormente, pero siempre habían eludido responderle. Él sabía que se traían algo entre manos.

El problema eran las espadas. Alistair no sabía que las habían encontrado, así que no había visto el secreto grabado en una de las hojas. No tenía ni idea de que la segunda pista era el tungsteno.

«Él debe de estar aún más confundido que nosotros», pensó Amy. El soluto de hierro y el tungsteno no parecían realmente piezas entrelazadas de un mismo puzle. El primero era un ingrediente de la tinta y el segundo es el tipo de material que se quema en las lámparas incandescentes. ¿Qué resultado darían los dos juntos? Amy y Dan necesitaban averiguar muchas cosas más... pero algo estaba bastante claro: de alguna manera, las espadas eran la clave para la siguiente pista. Tal vez Alistair pudiese ayudarlos a descubrirlo, pensó el muchacho, pero arriesgaban demasiado. El anciano podía largarse una vez tuviera la información, pues ya lo había hecho antes. «No os fiéis de nadie», ése había sido el lema de Amy y Dan. Y siempre que lo olvidaban, acababan arrepintiéndose. Necesitaban desesperadamente sumar motivos de arrepentimientos.

—Es que... descubrimos un código —respondió Dan, improvisando una mentira por precaución— en la partitura, en la partitura de Mozart. El código decía «id a Japón». Estaba en clave de C, ¿no? Eso es todo lo que sabemos.

Alistair se encogió de hombros y se sentó delante de un PC.

—No es demasiado, pero eso no nos detuvo en otras ocasiones. ¿Qué tal si buscamos por separado y luego comparamos notas?

Amy y Dan se aseguraron de sentarse frente a él, de manera que Alistair no pudiese ver sus pantallas. Amy escribió en la barra de búsqueda:

Japón tungsteno espada
87.722 coincidencias

—Va a ser un día muy largo —murmuró Amy. Dan escribió en su ordenador:

imágenes guerrero ninja
1.694.117

Sonrió. Tal vez no fuese tan aburrido después de todo.

Pintura corporal y tatoo ser costumbre de esclavos y prisioneros de Antiguo Japón. Algunos de tatuajes han sido replicaciones históricas de nuestros artistas de tatuajes que es licenciado en universidad sobre historia.

Dan desplazó hacia abajo la página. Las imágenes eran más claras que la traducción del texto que se le había proporcionado. Algunos de aquellos diseños eran increíbles y cubrían totalmente la espalda de la persona. Había docenas de ellos: dragones, escenas históricas, paisajes del campo, estampados adornados con filigranas...

Se detuvo. Algo en una de las imágenes le había resultado familiar. Volvió a buscarla bien en la página, la encontró e hizo clic en ella. Lentamente, una ampliación de la fotografía llenó la pantalla.

—Dan, ¿qué crees que estás haciendo? —preguntó Amy, que estaba mirando por encima de su hombro.

—¿No es genial? —dijo Dan.

Amy giró la cabeza hacia la pantalla de su portátil, que mostraba un mapa de Japón.

—¡Se supone que estamos tratando de encontrar nuestra pista!

—Oh, discúlpame, doña listilla, pero ¿y si miras más de cerca? ¿No ves estos caracteres? ¡Son los mismos que vimos en la espada!

¡Ups!

Dan se cubrió la boca con las manos. Sin darse cuenta, había dicho la palabra que empezaba por E.

Amy tenía los ojos como platos. «¡Dan, mira que eres tonto!», decía su cara.

Los dos hermanos echaron un vistazo a Alistair, que había estado tomando notas atentamente sobre algo que había visto en la pantalla. Lentamente, levantó la mirada. Se le veía pálido, casi enfermo.

—¿Tío Alistair...? —preguntó Dan—. ¿Estás bien?

Alistair tardó unos segundos en responder. Se sacó las gafas y las limpió con un pañuelo de bolsillo.

—Estoy bien, es que mirar a la pantalla durante largos períodos de tiempo... se vuelve más complicado con la edad. Perdonadme. ¿Habéis... eh... habéis encontrado algo?

—Sí —respondió Dan.

—No —respondió Amy.

—Sí y no —clarificó Dan—. ¿Y tú?

El anciano asintió sin entusiasmo.

—Venid a echar un ojo.

Minimizó un sitio de correo electrónico que reveló debajo una página web en la que se mostraba el cuadro de un guerrero japonés con un aspecto feroz que sujetaba una cabeza.

—Eh... —murmuró Amy.

—Anda, pero si son sólo píxeles —dijo Dan—, ¿a qué viene ese «eh...»?

—La... Rata Calva —continuó Alistair, con un tono que aún

sonaba distante y distraído—, también conocido como Toyoto-mi Hideyoshi.

—¿Hide... quién? —respondió Dan.

—Es el guerrero más importante de la historia de Japón —explicó el anciano—, pero la mayor parte de las escrituras lo muestran como una persona particularmente horrorosa. Vivió en el siglo dieciséis. Empezó siendo un campesino y ascendió hasta conseguir un poder increíble, conquistó las diversas tribus y facciones y consiguió la unidad del país como una fuerza superior por primera vez. —Alistair hizo una pausa y bajó la voz—. Él también es uno de nuestros antepasados Cahill...

—Ya me parecía a mí que tiene cierto parecido con Amy —dijo Dan.

—... un Tomas, de hecho, descendiente de Thomas Cahill. Thomas viajó al Extremo Oriente en el siglo dieciséis: unos decían que su propósito eran los negocios; otros, que se iba para ocultar su vergüenza por no haber encontrado a su caprichosa hermana. De cualquier forma, se asentó allí y su familia dio origen a la rama Tomas, famosos por su brutalidad y sus tácticas de guerra.

Dan parecía ahora más interesado.

—La familia Holt... ellos son Tomas y parecen troncos de árbol con cerebros de dinosaurio. Este tipo parece una comadreja.

—Tiene sentido que Hideyoshi sea un Tomas —opinó Amy—. Es fuerte, y mira qué forma tiene de sujetar esa cabeza. Es asqueroso.

—La evolución es extraña. Y los Tomas no salen demasiado bien parados.

La sombría expresión de Alistair pareció desvanecerse un poco, hasta convertirse en una especie de semisonrisa.

—Por supuesto, estas afirmaciones muestran el punto de vista de un Ekat, dado que ésa es mi rama. Sea como sea, tengo la convicción de que nuestra búsqueda debería comenzar por Hideyoshi. Este hombre tenía muchos secretos. Algunos dicen que los secretos lo hundieron.

—«Secretos» es nuestro segundo nombre, amigo —dijo Dan.

Alistair levantó la vista y la fijó primero en Dan y después en Amy. Su cara estaba recuperando su color natural.

—Después de lo que pasó en Salzburgo, había pensado guardarme esta información. No estaba seguro de poder fiarme de vosotros dos. De hecho, hoy mismo, me he sentido tentado a proceder a la búsqueda sobre Hideyoshi sin informaros de nada.

—Bueno, ahora ya somos dos —respondió Dan.

—Tres —corrigió Amy. Mirando rápidamente a Dan, añadió—: Pensábamos que no podíamos confiar en ti, tío Alistair.

El anciano asintió.

—Me he esforzado en cuerpo y alma para conseguir que confiéis en mí otra vez. La confianza es tan frágil... Es difícil de construir, pero se rompe con mucha facilidad. Nunca se entrega interesadamente. Sólo se puede conseguir cuando se ofrece sin esperar nada a cambio. —Miró a Amy y después a Dan—. Para romper la cadena de desconfianza, alguien tiene que dar el primer paso. Yo me ofrezco de buena gana como voluntario, porque vosotros os lo merecéis.

De forma solemne, volvió a centrarse en la pantalla.

—Hideyoshi era un hombre un poco paranoico al que le gustaba acumular y almacenar cosas —continuó Alistair, mientras descendía por la página para centrarse en el texto biográfico—. Por ejemplo, la Caza de Espadas de 1588, cuando forzó a todos los granjeros y campesinos a renunciar a sus espadas y entregárselas a él. Según afirmó, pensaba fundirlas todas para construir una enorme estatua de Buda, pero mentía.

—¿Para qué las quería entonces? —dijo Amy.

Alistair se encogió de hombros.

—Ése es uno de los grandes misterios. También se aseguró de evitar que los granjeros y campesinos ascendiesen a la clase guerrera. Parecía tener miedo de que eso ocurriera.

—Pero si eso es lo que había hecho él —respondió Amy.

—Tienes que pensar como un guerrero, hermana —explicó Dan—. Tenía miedo precisamente porque ésa era también su procedencia. Así que pensaba que tal vez alguien más podría hacer lo mismo que él y sacarlo de su puesto a patadas.

Alistair asintió.

—Tal vez sospechase que podría haber más descendencia Tomas, o incluso peor, Ekaterina, en el campo. Las ramas Ekat y Tomas estaban en guerra ya entonces. ¿Estaría intentando alejar las espadas de los Ekat para evitar que se levantasen contra él? No lo sabemos. Si al menos supiésemos dónde escondió las espadas. Tal vez el dónde nos lleve hasta el porqué. —Encogiéndose de hombros, se volvió hacia los muchachos—. Bueno, ya os he dicho todo lo que sé.

Dan miró a su hermana. La pelota estaba ahora en su campo.

«Nos ha contado sus propios secretos —decían sus ojos—. Se lo debemos.»

«Estaba leyendo sus e-mails —pensó Dan— y eso no nos lo ha enseñado.»

«Eso es distinto —respondió ella—. Lo necesitamos.»

«Aparte de su dinero y sus conocimientos de japonés, ¿qué puede ofrecernos?»

«Aparte de tu bonita oreja izquierda, ¿qué puedes ofrecer tú?»

Dan la fulminó con la mirada.

«Tú eres la hermana mayor, así que díselo tú.»

Amy se volvió hacia Alistair.

—Creemos que... hemos encontrado algunas de las espadas —anunció ella—, en Venecia.

—Las espadas de Hideyoshi... ¿en Italia? —Alistair parecía estupefacto.

Con un suspiro, Dan farfulló:

—Estaban en la casa de un tipo italiano, Fidelio Racco.

—Racco... —dijo Alistair—. Un Janus. Sin embargo, la pista apunta a una fortaleza Tomas. Curioso. Aquí en Japón, hay rumores de que existen lugares donde Hideyoshi ocultó cosas, pero supuestamente están vigilados por sus descendientes... muchos de ellos son *yakuza*.

Dan sonrió. Ahora ya se sentía en su salsa.

—¡Increíble! —exclamó el joven—. ¡Yo me he enfrentado a ellos en el nivel cuatro de mi juego... Ninja Gaiden, me parece que era. ¡Esos tipos son los gángsters más violentos habidos y por haber! Son capaces de cortarte los brazos y obligarte a comértelos.

—No veo la hora de conocerlos —respondió Amy.

—Tratamos de traer las espadas —dijo Dan—. Iban en mi equipaje. Una de ellas tenía unos símbolos grabados. Pensamos que los símbolos eran importantes... Tal vez nos aporten información sobre la siguiente pista.

Alistair parecía asombrado.

—¿Hay alguna forma de recuperar esas espadas?

—Bueno, quizá no haga falta —dijo Dan, asintiendo con la mirada clavada en su pantalla—. Este tatuaje tiene los mismos símbolos.

Dan nunca había visto a Alistair moverse así de rápido. Asomó la cabeza por el hombro de Dan y observó la imagen.

—¿Estás seguro de que esto es lo que había en la espada?

—Sí —confirmó Dan—. Bueno, no exactamente. Había otros caracteres también, pero aquí no salen.

Amy movió la cabeza.

—¿Cómo puedes estar tan seguro? No tienes ni idea de japonés.

—Sí, claro —respondió el joven—. Ni tampoco sé leer música. Pero veamos, ¿quién fue el que memorizó una composición de Mozart al completo y encontró nuestra última pista? A ver... déjame recordar. Oh, vaya, ¡ya me acuerdo! ¡Si fui yo!

—Dan, ¿estás seguro de que faltan caracteres? —preguntó Alistair—. Porque el mensaje, tal y como está, es bastante inocuo: un conjuro para la suerte, el honor, el triunfo y cosas así.

—Estoy segurísimo. Al principio de cada línea, había una letra muy extraña, como si fuese de otro idioma, ya sabes. *Sánscripto* o algo así.

—Se dice sánscrito, cerebro tatuado —lo corrigió Amy, que estaba sentada frente a su pantalla—. Parece que no recuerdas todo tan perfectamente.

Ella miró a su tío, que tecleaba frenético las teclas de su ordenador.

—¿Qué sabes de estos *yakuza*, tío Alistair? —preguntó la joven, sintiendo cómo él se estremecía.

—Son tremendamente despiadados y mortíferos —susurró él—. Créeme, no queremos cruzarnos en su camino.

—¿Conoces alguno personalmente? —quiso saber Dan.

—Ellos me conocen a mí y me desprecian profundamente —respondió Alistair—. Soy un Ekat. Los Tomas y los Ekat han sido grandes enemigos durante siglos. Se sospecha que los *yakuza* tienen un mapa que indica el camino a una cripta secreta y, si entiendo bien un mensaje que he recibido hace poco, es posible que hayamos encontrado una copia de ese mapa.

El anciano pulsó el botón IMPRIMIR y, de la impresora de la biblioteca, poco a poco fue saliendo un mapa, una antigua imagen que mostraba un complicado enredo de túneles.

—¡Genial! —exclamó Dan.

—¿Sabías esto desde el principio? —preguntó Amy.

Alistair movió la cabeza. Una vez más, su cara palideció, lo que le confirió un aspecto demacrado.

—Llevo mucho tiempo investigando el robo de... ciertos documentos Ekat que no tienen nada que ver con esto. Uno de mis colegas ha conseguido encontrarlos y, cuando estábamos en Salzburgo, recibí este e-mail de él con varios anexos, entre ellos, este mapa.

Les enseñó la imagen, que tenía como título las palabras SIGNIFICADO DESCONOCIDO.

—¿Cómo? ¿Documentos Ekat? ¿Colegas? ¿Qué más nos estás escondiendo? ¿Cómo puedes...?

De repente, Amy dejó de hablar. El cursor del monitor de Dan se estaba moviendo desde el medio de la pantalla a la esquina de la izquierda.

—¡Dan! —dijo la muchacha—. Deja eso, ¿vale?

—¿Dejar? ¿El qué? —respondió Dan.

—Ya sé que las bibliotecas te aburren, pero ¿es que no puedes tomarte nada en serio? —respondió Amy—. Estás haciendo un truco, ¿verdad? Tienes algo en tu bolsillo que envía una señal al ordenador. Si no, ¿por qué se está moviendo el cursor?

Ahora, el cursor se encontraba en el botón ATRÁS, y aparecieron rápidamente de nuevo todas las páginas que Dan había visitado: tatuajes, información sobre Hideyoshi y la Caza de Espadas, las páginas de Facebook de tres niñas de secundaria...

—¡Eh! —gritó Dan.

—Es un espía —anunció Alistair, levantando el ordenador rápidamente—. ¡Alguien ha entrado en el ordenador desde un acceso remoto y ahora está viendo todas las páginas a las que has accedido!

De un tirón, desenchufó el cable de detrás y la pantalla se apagó. Un pitido continuo empezó a sonar y un panel LCD mostró unos caracteres japoneses en rojo que sospechosamente querían decir EMERGENCIA.

—Pero ¿cómo lo han hecho?

Dan cogió el ordenador y examinó la tarjeta.

—Es una conexión inalámbrica 802.11g —dijo él—, así que no pueden estar muy lejos. No sé a qué distancia, tal vez unos treinta metros más o menos, quizá unos cincuenta si cuentan con un repetidor o un aparato de ese tipo.

Alistair corrió hacia la ventana.

—Eso quiere decir que si no están en el edificio, están en uno de los coches que había ahí fuera.

Uno de los cientos de coches, podría haber dicho... teniendo en cuenta todos los que estaban parados en la entrada, los del aparcamiento y los del atasco de la carretera.

Toc, toc.

Todos saltaron al oír que alguien llamaba a la puerta.

—¿Todo va bien ahí? —preguntó alguien tímidamente, casi en un susurro.

Sonaba como la señorita Nakamura, pero había algo extraño en su tono de voz.

Alistair se dirigió a la puerta.

—Tal vez ella sepa cómo seguir el rastro.

—¡No! —gritó Amy.

—Señorita Nakamura —llamó el anciano, a la vez que giraba el pomo de la puerta—, su biblioteca puede estar en peligro...

La puerta se abrió de golpe... y Alistair se quedó con la nariz clavada en una camiseta gris de la talla XXXL.

—¡Ah sí, Sherwood! —dijo Eisenhower Holt, con una sonrisa tan grande que casi le llegaba a las patillas, aunque llevase un corte de pelo al estilo militar—. Ahora, todos vosotros: ¡alineaos! ¡Marchad!

CAPÍTULO 6

Prrr...

El teléfono de Amy empezó a vibrar.

Echó un vistazo a la furgoneta. En el asiento del copiloto, Eisenhower Holt discutía con su mujer, Mary-Todd, que iba conduciendo. En la siguiente fila, las gemelas de once años, Madison y Reagan, competían por ver quién conseguía lanzar más mocos al pelo de su hermano mayor, Hamilton. Su perro, un pit bull llamado *Arnold*, ladraba sin cesar, tratando de atrapar los pequeños proyectiles a mitad del vuelo con sus enormes mandíbulas.

—¡Parad ya! ¡Va a matarme! —protestó Ham.

—¡Ésa es la idea! —respondió Madison, aplaudiendo.

—Sherwood es un bosque que hay en Inglaterra, querido —insistió Mary-Todd a su marido—. El detective se llamaba Sherlock.

—¡Lo buscaremos! —sugirió Eisenhower—. Deja que te recuerde, Mary-Todd, que, según la escuela militar, mi cociente intelectual es de cien exacto. Bueno... vale, de ochenta y nueve... ¡pero es que ni siquiera había practicado!

—Cien es más o menos lo normal, cariñito —respondió su mujer.

—Lo normal es enemigo de lo creativo —añadió Eisenhower—. Un Holt nunca es normal... ¡o es que no ves de qué forma tan ingeniosa hemos capturado a los Cahill!

Prrr...

Amy metió la mano en el bolsillo izquierdo de su pantalón y sacó su teléfono, asegurándose de que nadie lo viera. A su derecha, estaba Alistair, furioso y lleno de rabia, que, a su vez, tenía a Dan a su lado. Los tres estaban sentados en la tercera fila del coche, bastante apretujados los unos con los otros. El joven Cahill, sin embargo, no parecía demasiado preocupado, pues había encontrado un puñado de panfletos turísticos en el suelo y los estaba leyendo plácidamente.

Rápidamente, la muchacha echó un vistazo a la pantalla del móvil:

ROSSI, NELLA

Se tragó el grito que estuvo a punto de salir de su boca y mostró la pantalla del móvil a Alistair y a Dan, desde donde lo había escondido, a la altura de la cintura.

—¡Síiiii! ¡Bien! —exclamó Dan.

—¡El niño Cahill está de acuerdo conmigo! —dijo Eisenhower con una sonrisa de oreja a oreja, volviéndose hacia atrás en la furgoneta—. Buen chico, llegarás lejos... con nosotros, ¡como prisionero!

La familia Holt empezó a reír a carcajada limpia, todos excepto *Arnold*, que parecía confundido por la interrupción del suministro de minimanjares voladores.

—Es una pena que no fuerais lo suficientemente inteligentes para detectar que íbamos siguiendo cada uno de vuestros pasos —continuó Eisenhower—, con nuestra tecnología patentada de pirateo Holt. Lo primero que hicimos fue acceder al dispositivo de rastreo que llevaba vuestro gato... ¡hasta que nos dimos cuenta de que el gato era vuestro tío!

Madison y Reagan lo miraron totalmente perplejas.

—Después lo seguimos a él al aeropuerto, donde ordené que hiciesen uso del mejor instrumento tecnológico de todos, ¡y así acceder al programa de facturación del aeropuerto!

—Entonces fue cuando le recordé que bastaba con perseguir la limusina, simplemente —añadió Mary-Todd.

Madison también metió baza:

—Cuando llegamos al otro aeropuerto y os vimos entrar en el avión, sólo tuvimos que preguntarle a aquel chico tan guapo... Fabio... adónde ibais —dijo la muchacha, con una sonrisa en los labios—, y él nos lo contó.

—¡Auf! —ladró *Arnold*.

—Así pues —continuó Eisenhower—, nos las arreglamos para encontrar un vuelo a Japón y, como también os ganamos en eso ya que conseguimos llegar antes que vosotros, esperamos a que aterrizaseis. A partir de ese momento, os hemos seguido muy de cerca, hasta que al fin hemos dado nuestro golpe maestro, ¡accediendo al ordenador que estabais utilizando para así birlaros toda la información! Y ahora que os tengo aquí a los tres, puedo cumplir la meta de mi vida. No sólo encontrar las 39 pistas, que será lo que hagamos primero, sino también poner el nombre de los Holt en el lugar que le pertenece: en lo más alto del blasón de los Tomas... La historia nunca volverá a presentar a los Holt como a unos idiotas. Nunca más seremos la oveja negra, la mancha en la ropa interior de la familia, la apestosa nota a pie de página de la leyenda Tomas. Y vosotros nos ayudaréis a conseguir nuestro destino llevándonos al lugar exacto que han revelado vuestras investigaciones, a la siguiente pista, ¡que se encuentra en los túneles de Tokio!

—¿Y tú solito has llegado a esa conclusión? —preguntó Amy, tratando de contener el alivio que sentía al saber que su niñera estaba sana y salva.

—Más o menos un cincuenta y tres por ciento —respondió Eisenhower.

—Más bien un cuarenta y siete —corrigió su mujer.

—Sabía que eso no sonaba muy bien —añadió el fornido hombre.

—¡Papá! Yo fui la que se encargó de la tecnología —se quejó Reagan.

—¿Papá qué más? —preguntó Eisenhower.

—Papá, señor —se corrigió la niña.

—Vuestro argumento es tan vano como vuestra conversación —interrumpió Alistair, con un tono de voz áspero que no conseguía controlar—, acceder al sistema no es ninguna hazaña, lo único que habéis hecho es robarme el mapa, ¡fanfarrón!

—¿Tío Alistair? —dijo Amy, que nunca lo había visto así.

—¿Qué es esa vocecita? —preguntó Eisenhower—, ¿será un Ekat lo que oigo?

—¡Ruf! —ladró *Arnold*, que empezó a babear de repente.

Alistair soltó una carcajada desafiante.

—¿Qué os hace pensar, pandilla de sinvergüenzas, que podréis leer el mapa correctamente? Está escrito en japonés.

—¡Ja! ¡No hay nada que pueda interponerse en el camino de un Holt! —gritó Eisenhower—. He escuchado desde el otro lado de la puerta de la biblioteca todo lo que decías, y hablabas de una antigua cripta subterránea. Así que empezaremos por... el barrio de la cripta subterránea, ¡ar!

La furgoneta, tambaleando, giró a la izquierda.

Dan levantó la vista de un mapa del metro de Tokio que estaba observando. Tenía la mirada iluminada, como cuando descifraba un código o descubría un truco en el videojuego *World of Warcraft*.

—¿Cripta? Creo que lo mejor será registrar el sistema de túneles del metro.

La furgoneta cogió una calle a la derecha.

—Tengo que ir al baño —anunció Madison.

La furgoneta derrapó hasta el arcén.

—¿Podría alguien tomar una decisión? —dijo Mary-Todd.

Mientras los Holt discutían sobre sus diversos argumentos, Alistair le susurró a Dan:

—¿Los túneles del metro, muchacho? Cuéntame.

—Antes de que aparecieran los Holt memoricé tu mapa. —Dan empezó a hablar demasiado entusiasmado.

—Chist —lo mandó callar su hermana.

—¡Los túneles secretos y el metro —continuó explicando el joven— coinciden casi exactamente! ¡Imagino que posiblemente el metro se construyó aprovechando los túneles ya existentes!

Los Holt se callaron de repente.

—Dan... —advirtió Amy—. ¡Se lo estás contando todo a ellos!

Dan la miró, perplejo.

—Se lo estaba contando al tío Alistair.

—Pero te hemos oído —cantó Reagan con un tono burlesco, sacándole la lengua—; además, en caso de que no nos lo hubierais dicho, hubierais muerto.

—¡Ruf! —ladró *Arnold*, mostrando sus brillantes incisivos llenos de saliva.

La cara de Dan palideció. Levantó la cabeza y les dedicó a Amy y a Alistair una mirada de culpabilidad. Ellos, a su vez, parecían de repente tristes y apagados.

—Esto... la cuestión es que... La verdad es que no coinciden. Yo estaba equivocado, porque, eh... hay una gran diferencia. En el centro del mapa antiguo, hay una intersección con una sala enorme. En el mapa del metro, en cambio, los túneles son paralelos, ¿veis? Debe de ser que no es aquí...

—¡Donde los mapas no coinciden es probablemente donde está el secreto! —exclamó Eisenhower, alardeando.

—¡Como siempre, brillante! —dijo Mary-Todd.

Amy gimió. Cuanto más estúpido se volvía Dan, más inteligente se hacía Eisenhower Holt.

—Genial —dijo Hamilton con aires de desprecio.

De repente, el fornido padre de familia se volvió hacia ellos y los miró con los ojos entrecerrados.

—Espero que no estéis tramando nada, ¿de acuerdo? Porque nosotros no somos tan tontos como parecemos... o como sea.

—Bueno... —Dan miró inútilmente hacia Amy y Alistair—. Hay paradas de metro a los dos lados. Creo que la que está más al norte, Yotsuya, estará más cerca.

—Iremos a la que está más al sur —ordenó Eisenhower.

La furgoneta se incorporó a la carretera de nuevo.

—Ahora en serio que tengo que ir al baño —protestó Madison.

Esperaron en silencio hasta que el tren dejó la estación de Nagatacho. Ahora estaban solos en el andén del metro. El horario de trenes, que Alistair había pedido a una empleada, indicaba que el próximo tren llegaría a las 5.40. El anciano miró su reloj y después echó un vistazo a las vías, las oscuras y estrechas vías que iban a dar a un túnel negro azabache en cualquiera de los dos extremos.

—Son las cinco y diecisiete —dijo con la voz entrecortada—. Tenemos exactamente veintitrés minutos.

Eisenhower caminó hacia el borde del andén.

—¡Pelotón, alineados! —gritó él.

—Yo quiero ir primera —dijo Madison.

—Ella nos ha retrasado por tener que ir al baño —protestó Reagan—. ¿Puedo ser yo la primera?

—Dentro de nada será el cumpleaños de mamá —anunció Hamilton.

—¡Ruf! —ladró *Arnold*, que acababa de saltar a las vías para perseguir a una rata negra como el carbón.

—¡Cada Holt irá por su cuenta! —exclamó Eisenhower, que sacó de su bolsillo unos guantes verdes de jardín, dio sendos guantazos a sus hijos y saltó a las vías—. ¡Aseguraos de no tocar el cuarto raíl!

—El tercero, cariñito —le corrigió Mary-Todd.

Cuando Madison y Reagan saltaron, Alistair agarró a Dan y a Amy del brazo y empezó a caminar poco a poco hacia atrás. Estaba tratando de escapar. Pero Mary-Todd y Hamilton se interpusieron en su camino, con los brazos cruzados.

—No, no, no —canturreó Hamilton.

—Buen intento, tío —susurró Dan.

Eran las 5.19. Quedaban veintiún minutos.

Suspirando, Dan bajó a las vías seguido de Amy y Alistair y de los Holt que faltaban. Una corriente, como de oscura tinta, corría entre los raíles. El envoltorio de un chicle flotaba en ella. Delante de ellos, el túnel se teñía de negro. Dan se sintió mareado, pues él y Amy no habían tenido mucha suerte en los lugares subterráneos. Las imágenes empezaron a flotar en su cerebro. «Corría... corría... tratando de escapar de Jonah Wizard en un museo subterráneo en Venecia... o de los Kabra en las catacumbas de París... o de un tren... de un recuerdo...» Aún podía sentir la mano de Amy tirando de él para que se apartase del tren que se le acercaba en París, veía su mochila desaparecer bajo las toneladas de acero que le pasaron por encima y escuchaba el grito desesperado que salió de su garganta. A cualquier otra persona podría haberle parecido que aquella foto con la pareja sonriente que guardaba en la mochila y que acababa entonces de perder para siempre era aburrida y había salido borrosa, pero para Dan, era tan importante como su propia vida. Hasta entonces, la miraba cada día y había memorizado hasta el último detalle de ella. Era su único recuerdo, la única imagen de sus padres que, más o menos, podía recordar. Pero ahora había desaparecido, en otro continente.

—¡Un, dos, un, dos...! —gritó Eisenhower.

Amy tiró de Dan, borrando el recuerdo de su mente. «Plaf, plof, plaf, plos», sonaron sus pisadas.

—¿Plos? —preguntó, extrañado.

—No preguntes —respondió Amy. Incluso en la oscuridad, Dan sabía que la cara de su hermana estaba pálida como la leche.

Con dificultad, siguieron su camino, manteniéndose en el centro para evitar el tercer raíl, hasta que la atenuada luz de la estación se desvaneció por completo.

—¡Solicito un informe del progreso! —pidió Eisenhower.

Las manos de Dan temblaban cuando iluminó el mapa del metro con la linterna de su bolsillo. Delante de ellos, la luz de la siguiente estación se veía a lo lejos. Habían atravesado el punto intermedio.

—De acuerdo con esto —dijo Dan—, éste debería ser el lugar. La intersección estaría a nuestra izquierda.

—¡Pelotón! —exclamó Eisenhower—. ¡Examinen la zona en busca de salidas ocultas!

Amy estiró el brazo hacia su izquierda y palpó toda la superficie, que estaba cubierta de mugre.

—Aquí sólo hay una pared.

—Seguid buscando —respondió Eisenhower.

Dan empujaba y golpeaba frenéticamente, pero la pared era sólida. Cemento armado. Miró la hora en su reloj, que ya empezaba a perder sus propiedades fosforescentes.

5.30.

—Esto no ha sido una buena idea —dijo él. La voz retumbó en las paredes haciendo eco—. Mirad, tenemos diez minutos. Abandonamos la estación hace once minutos. Tenemos el tiempo justo para volver antes de que...

—¡Misión abortada! —gritó Eisenhower—. ¡Izquierda! Y... ¡un, dos, un, dos!

Dan empezó a correr, casi tropezando con su hermana.

—¡Ay! —gritó Amy—. ¡Dan!

—¡Lo siento! —exclamó él—. ¡Nos vemos en el andén!

—¡Dan, se me ha atascado el pie!

Dan se volvió e iluminó la silueta encorvada de su hermana con la linterna. Su cara mostraba dolor. Tenía el pie atrapado en uno de los raíles.

—¡Yo la rescataré! —gritó Hamilton.

—¡No, yo! —chilló Reagan—. ¡Yo nunca soy la primera en rescatar a nadie!

—¡Salid del medio! —ordenó Eisenhower.

—¡Raf! —ladró *Arnold*.

Dan se abrió paso entre la multitud, tratando de alcanzar

a su hermana, que gritaba todo lo que sus pulmones le permitían.

—¡Lo estás empeorando aún más!

El pelo de Dan empezó a moverse ligeramente detrás de su cabeza. Un vientecillo, suave pero constante, iba hacia ellos desde la parte sur del túnel. Dan vio los ojos de Amy, abiertos como platos, apuntándole.

—Dan, ¿seguro que la guía de los horarios está al día?

—¡No lo sé! —respondió el muchacho.

—Cuando un tren entra en un túnel, ¿no es normal sentir el aire empujado...?

¡Biiip biiip!

Dan se volvió en dirección al sonido. Dos faros distantes, como los ojos de un reptil que iluminan la oscuridad, se dirigían hacia ellos... y crecían rápido.

—¡Holts, escape veloz! —ordenó Eisenhower.

Simultáneamente, todos los Holt dieron media vuelta y echaron a correr hacia la estación más próxima, alejándose del tren que se acercaba.

—¡No nos abandonéis! —gritó Amy.

Dan tiró y tiró, pero el pie de Amy estaba atrapado. Bien atrapado.

—¡Ay!

—Yo... yo lo sacaré —dijo Dan entre dientes. Se arrodilló en el congelado hilo de agua que corría entre los raíles, que ahora saltaba con las vibraciones.

—¡Corre, Dan!

—¡Espera... ya sé...!

Los cordones. Dan metió sus dedos entre los cordones de los zapatos y tiró con fuerza. Estaban enmarañados, mojados y encallados. Parecía que su pie estaba pegado al zapato. Si pudiera hacerlo resbalar hacia fuera, utilizando la humedad para deslizarlo...

El ruido de los frenos llenó el túnel. El viento los azotaba como un vendaval, lanzándoles polvo y escombros a los ojos. Se le nubló la vista. Su cuerpo le decía que echase a correr ya.

—¡Vete, corre!

—Olvídalo, Amy, no puedo dejarte...

Ella lo había salvado. Él podría salvarla a ella, tenía que hacerlo.

—¡Tira!

El viento era violento. El ruido le presionaba los oídos como si fuese un instrumento sólido. Tiró otra vez, lo movió, lo sacudió y lo aporreó.

Ella se resistía ahora: lo empujaba, tratando de salvarlo. Sintió el frío aliento de su hermana en el cuello y las abultadas venas de su garganta.

Se dio cuenta de que ella gritaba a pleno pulmón, pero él no pudo oír una sola palabra.

¡BIIIIIP!

Dan se quedó paralizado cuando al volverse le deslumbraron los faros que se le acercaban cada vez más.

CAPÍTULO 7

—¡AHHHHH!

Amy no sintió demasiado en realidad. El viento, el chirriante ruido metálico de los frenos, el potente claxon que anulaba cualquier otro sonido...

Probablemente tenía los ojos cerrados, porque tampoco pudo ver nada.

Sólo pudo sentir. Sintió cómo su cuerpo se movía bruscamente hacia arriba y luego hacia atrás. Después le pareció que volaba.

Finalmente, su hombro tocó el sólido y frío cemento.

Cuando abrió los ojos, todo estaba oscuro y en silencio.

—Supongo que... ¿estoy muerta? —dijo escuchando el sonido de su propia voz, con un extrañamente agudo y débil tono de voz.

Durante un buen rato, no oyó nada más. Y después:

—Hola, Muerte. Soy Dan.

Se oyó a alguien encendiendo una cerilla y una temblorosa luz iluminó dos caras.

Amy se incorporó. Le dolía el tobillo izquierdo y no tenía zapato.

—¿Tío Alistair? ¿Dan?

Dan tenía el pelo de punta, su cara estaba ensombrecida debido al polvo negro y sus ojos parecían dos pelotas de tenis.

—Lo ha hecho él. El tío Alistair nos ha salvado la vida. Nos cogió desde la pared. ¿Cómo...? —Tambaleándose, Dan se acercó a su hermana y se arrodilló para mirarle el pie—. Aún está ahí, no lo amputó cuando...

De repente, al muchacho se le doblaron las rodillas y se desplomó en el suelo.

—¡Dan! —gritó Amy. Ella se estiró para ayudar a su hermano, pero el dolor que sintió al mover el tobillo la hizo parar de un grito.

—No te preocupes —dijo el joven, incorporándose—. Estoy bien. No llames al uno-uno-dos. ¿Se me ha puesto el pelo blanco? En las películas pasa, cuando alguien se asusta muchísimo.

—Ahora estáis los dos a salvo —dijo Alistair, moviendo su cerilla alrededor para distinguir los contornos de la enorme estancia—. Dan, no tienes el pelo blanco y... tenías razón en lo de la habitación escondida. Está más o menos donde tú pensabas que estaría. Había un diminuto grabado, un símbolo bastante antiguo, inscrito en lo que parecía una placa eléctrica. Al presionarlo, la puerta se abrió. Yo sólo os he traído aquí adentro conmigo.

Amy se lanzó hacia adelante apoyándose en su pie bueno y dejando el otro en el aire y abrazó con fuerza a su tío.

—Gracias —le respondió.

Lo sintió estremecerse. Al principio tuvo la horrible sensación de que había cometido un grave error. Se había dado cuenta de que los abrazos no eran lo suyo. Después, torpemente, Alistair la envolvió con sus brazos.

—Te... te debía una —dijo en un tono gentil.

—O dos —añadió Dan.

Alistair asintió.

—Creo que mi expediente no es muy bueno en lo que a situaciones de vida o muerte se refiere.

—Bueno, con lo de hoy ya queda bastante equilibrado —añadió Amy, apoyando su cabeza en el hombro de su tío, que llevaba una chaqueta de seda muy suave y que además olía a *aftershave*.

Alistair se separó con delicadeza y miró hacia abajo preocupado.

—¿Qué tal el pie?

—Pues, siento como si una viga metálica me lo hubiera aplastado y alguien me lo hubiera sacado a la fuerza del zapato —dijo Amy, con un gesto de dolor en la cara—. Puedo moverlo, pero creo que tengo un esguince en el tobillo.

—Apuesto a que no puedes bailar claqué —respondió Dan, que aún parecía un poco trastornado.

Amy le sonrió, aunque nunca se imaginó que disfrutaría escuchando sus estúpidos chistes. De repente, una oleada de afecto inundó sus sentimientos.

—Oh, no... conozco esa mirada... ¡Abrazos no! —exclamó Dan, escapándose.

Confundido, encendió su linterna y dirigió la luz por los diferentes rincones de la sala, hasta que encontró un conjunto de viejas reliquias amontonadas en el suelo y cubiertas con un polvo negruzco y espeso: ropa, extraños objetos metálicos deslustrados, una caja también metálica, un guante y un pesado cilindro. Se acercaron todos hacia los objetos y Alistair señaló:

—Bueno, es posible que los *yakuza* controlen algún tipo de red subterránea, pero parece que nadie ha estado aquí desde hace varios siglos.

—Eh —interrumpió Dan—, ¿qué dice Jar Jar Binks, el de *La guerra de las galaxias*, cuando se encuentra con un miembro de la mafia japonesa?

Amy se puso colorada.

—Te estás recuperando demasiado rápido...

—Ya sé. Un momento... —Alistair se paró a pensar y después sonrió—. ¿Tú sa *Yakuza*?

La sonrisa de Dan desapareció.

—¿Cómo sabías eso? Si me lo acabo de inventar.

—Los juegos de palabras son señal de inteligencia, aunque ésta esté realmente oculta —respondió Alistair, mientras se ponía sus guantes blancos. Se inclinó sobre la pila de cosas y, cautelosamente, levantó una pequeña y estropajosa prenda de vestir—. Con una capa de polvo de tantas décadas es muy difícil decir cuánto tiempo tendrá esto.

—¡Eh, mirad! —exclamó Dan, mientras desenrollaba un pergamino que había encontrado detrás de una cajonera.

—¡Ten cuidado! —dijo Amy.

Cuando abrió el rollo, pudo comprobar que el tiempo había oscurecido los bordes del papel, pero que aún se podía leer... Había tres líneas de estilizados caracteres japoneses.

—¿Qué dice? —preguntó Dan.

Alistair se aproximó.

—Es un poema, creo. A ver, déjame que vea la métrica... «Para encontrar el nuevo hogar / del tesoro de Hideyoshi / geometría has de usar.»

—¿Tesoro? —dijo Amy—. ¿Estarán ahí las espadas?

—¡Somos ricos! —gritó Dan—. ¡Lo sabía! Está bien, geometría. Yo resolveré esto, dadme un minuto...

—Podría ser cualquier cosa... —añadió Amy, mirando detenidamente la habitación.

—Este cuarto es muy grande —observó el muchacho—. Entonces... ¿será el volumen del paralelepípedo, quizá?

—¿Cómo dices? —preguntó el anciano.

—Un paralelogramo tridimensional, como esta cámara —explicó Dan.

—¿De qué manera nos ayuda eso a resolver el problema? —quiso saber su hermana—. Es como buscar una hipotenusa en un pajar.

—¿Es eso un chiste? —respondió él—. Si es así, deberías haberme hecho una señal, como tocarte la nariz dos veces o algo así, porque si no, no sabré cuándo reírme.

El joven soltó el pergamino, que se cerró de repente haciendo un ruido que retumbó contra las paredes de la habitación rompiendo el silencio.

El silencio total.

Amy miró a su alrededor, nerviosa.

—¿No debería haber pasado otro tren ya? —preguntó.

Dan metió las manos en sus bolsillos.

—No tengo el horario, se me ha debido de caer en medio de las vías.

—Me refiero a que, por lógica, ¿no debería haber pasado otro tren, en una u otra dirección? Los trenes pasan con bastante frecuencia, ¿no? ¿A qué se debe este silencio?

Alistair se quedó tieso.

—Te entiendo. Seguramente hayan cortado la corriente. Eso quiere decir que...

Un distante murmullo de voces empezaba a filtrarse a través de las paredes. Venía del norte, desde el lado opuesto al que habían venido ellos.

—¿Quiénes son ésos? ¿La policía? —preguntó Dan.

La tez de Alistair envejeció y se arrugó de repente.

—No —respondió con una voz temblorosa—. *Yakuza.*

—¿Qué hacemos? —dijo el muchacho.

—Aquí no pueden encontrarnos, ¿verdad? —recordó Amy—. Entonces nos quedamos aquí.

Alistair agarró a Dan y a Amy del brazo y los fue empujando hacia la puerta.

—Tarde o temprano vendrán hacia aquí, verán la zapatilla perdida y el horario de trenes y descubrirán que alguien ha pulsado la placa del muro. Tenemos que irnos.

—¡Un cubo! —exclamó Amy, descentrada y corriendo de nuevo hacia la pila—. ¡Mirad! ¡Una esfera! ¡Un cilindro! ¡Y un parale... lo que sea! Ésas son formas geométricas, ¿no es así, Dan? ¡Están aquí mismo!

Dan estaba ya cogiendo el globo terráqueo y guardándolo en su mochila.

—¡Cógelos todos!

—¡Rápido! —dijo Alistair, que cogió un pequeño cubo con una mano y un tubo triangular con la otra. Amy recogió el largo cilindro y se dirigió a la puerta.

En pocos minutos, estaban fuera en las vías otra vez. Alistair empujó la gruesa puerta para cerrarla de nuevo. Donde antes había una pared homogéneamente oscurecida por la mugre, ahora quedaba la ligera marca que deja una puerta que acaba de ser abierta.

El tren que casi los atropella estaba ahora parado un poco más allá; los vagones traseros ni siquiera habían alcanzado el andén de la siguiente estación.

Amy sacó su zapatilla de debajo de la vía y se la puso a presión. Cojeaba al caminar, por el punzante dolor que tenía en el tobillo, pero la simple idea de parar la asustaba demasiado. Apretando los dientes, echó a correr. Se apresuraron para deshacer el camino que los había llevado hasta allí. Pronto pudieron ver la estación, pero las vías estaban llenas de puntos de luz de las linternas, que se movían de un lado a otro como si fueran luciérnagas.

Se detuvieron para tratar de recuperar la respiración, produciendo un eco en el túnel con cada bocanada de aire.

—Es la policía —susurró Alistair—. No podemos dejar que nos encuentren o nos arrestarán.

Las luces se estaban aproximando y las voces se oían cada vez más alto.

Al otro lado sonaba como si los *yakuza* se hubieran desplazado... hacia donde estaban ellos.

—¿Y los *yakuza*? —preguntó Dan.

—Nos matarán —respondió Alistair.

—Es obvio —añadió el joven, dirigiéndose hacia la policía.

—¡No! —Amy lo agarró del brazo.

—¿Adónde sugieres que vayamos? —murmuró Dan.

Amy miró hacia arriba. El último peldaño de una escalera de mano estaba justo sobre su cabeza.

—Tenemos que llevarnos las cosas—dijo Alistair, que se quitó rápidamente la chaqueta de seda, la estiró en el suelo, colocó los objetos encima y cerró el paquete con un nudo. Dan sacó una cuerda de su mochila y la ató alrededor del bulto para asegurar la carga.

Amy estaba ya subiendo, el dolor del esguince se reflejaba en su cara. Dan sujetó uno de los extremos de la cuerda con los dientes, se agarró a la escalera y subió.

Bajo ellos, Alistair se quedó perplejo en la oscuridad, agarrando la escalera con una mano y apretando fuertemente su bastón con la otra.

—¡Vamos! —gritó Dan entre dientes.

—¡Marchaos! —respondió el anciano.

Se oyó el ruido sordo de unos pasos que se aproximaban y un hombre salió de entre la oscuridad. Tenía la cara cubierta de hollín, así que, según la intensidad de la luz, sólo se le veían los dientes y los ojos... Aunque Dan pudo ver el brillo de una daga en su mano derecha.

Entonces Alistair reaccionó. Ya estaba en el segundo peldaño cuando se oyó un grito gutural:

—¡HEEE YAHHH!

Dan miró hacia abajo y vio a un hierro *yakuza* que cortaba el aire y se dirigía directamente a las piernas del tío Alistair.

CAPÍTULO 8

—¡Cuidado! —gritó Amy.

—Ah... —resopló Alistair, impulsándose hacia arriba.

¡Claaaan!

Dan sintió cómo la escalera vibraba. Se agarró con fuerza, sin perder de vista las espantosas vistas de abajo.

Con un agudo y preciso movimiento, Alistair golpeó la daga con su bastón con tanta fuerza que salió disparada de la mano de su enemigo. Inmediatamente después, el anciano golpeó en la sien al *yakuza*, que, semiinconsciente, se tambaleó tratando de mantener el equilibrio para no caerse a la vía.

—¡Sal afuera, Dan! —ordenó Alistair, gritando hacia arriba.

—¿Dónde aprendiste a hacer eso? —preguntó el joven.

—Soy una caja de sorpresas... ¡ahora muévete! —respondió su tío.

Amy se las había arreglado para apartar a un lado la rejilla que había al final de la escalera. Dan salió a la calle y sacó los objetos tras de sí. Minutos después, con un fuerte gruñido, Alistair consiguió subirse a la acera. Una madre que empujaba un cochecito con un bebé se desvió bruscamente para esquivarlos. Dan se apresuró a colocar la rejilla de nuevo en su lugar, y ya la tenía casi colocada cuando Alistair lo agarró y tiró de él diciendo:

—¡No tenemos tiempo para eso!

—¡Espera! —protestó Dan—. ¿Y Amy?

La muchacha estaba tratando de alcanzarlos; cojeaba por la acera en dirección a ellos.

¡Cliiiin... CLIIIIN!

A través de la rejilla del agujero podían verse unos dedos manchados de hollín que trataban de abrirla.

—Disculpa, por favor —dijo Alistair, corriendo hacia sus perseguidores. Sujetó su bastón como si fuera un palo de golf y, con uno de sus mejores *swings*, golpeó con fuerza los dedos que sobresalían.

—¡AAAAAAAH! —se oyó un grito de tortura.

Dan escuchó el descomunal ruido que los múltiples cuerpos hicieron al caer sobre el suelo bajo la escalera.

Alistair se arrodilló, dando la espalda a Amy.

—Sube.

Ella saltó a su espalda y él colocó sus brazos bajo las rodillas de la muchacha. Detrás de Dan, cojeaba apresurada con un gesto de dolor en la cara. Sus sombras eran alargadas, pues el sol se estaba poniendo, y parecían bestias deformes.

¡BIIIIP!

Un coche dio un volantazo y se salió de la carretera; el conductor les gritó enfurecido.

—Los objetos... —dijo Alistair entre dientes—. ¡Escóndelos en aquel callejón! ¡Ya volveremos a buscarlos!

Dan vio un oscuro y estrecho espacio entre dos edificios y lanzó el apretado hatillo de Alistair en el hueco.

Doblaron la esquina a toda velocidad y siguieron cuesta arriba por una calle rodeada de bajos edificios de ladrillos de cuyas ventanas salían nubes de vapor que transportaban olores de salsa de soja y gambas fritas. Al llegar al final de la cuesta, como una flecha, Alistair se metió a la derecha y atravesó el portal abierto de la parte trasera de un enorme y vacío parque infantil.

—¡¿Adónde vamos?! —gritó Dan.

—¡Tengo amigos! —respondió el anciano—. Sólo necesitamos un taxi...

Como por arte de magia, un taxi avanzaba hacia ellos subiendo la calle. Sujetando a Amy con una sola mano, Alistair empezó a mover la otra frenéticamente, gritando en japonés. El conductor, al verlo, giró bruscamente y se dirigió hacia él acelerando el coche al máximo, lo que hacía rugir el motor.

—¡Cuidado! —exclamó Dan.

Alistair escapó de un salto y Amy salió volando y cayó encima del asfalto, quedándose a pocos centímetros del taxi.

Las cuatro puertas del vehículo se abrieron al mismo tiempo.

—¡Yakuza! —gritó Alistair.

Ahora incluso Amy se dio prisa. Cuando Dan empezó a correr hacia ella, oyó un silbido agudo.

—¡Agáchate, Amy!

Un disco de metal plateado con bordes irregulares se deslizaba por el aire. Pasó rozando la cabeza de Dan mientras él saltaba hacia su hermana, y la agarraba por la cintura.

Amy chilló aterrada mientras volvían a caer sobre el asfalto.

—¿Qué era eso? —preguntó ella con la respiración entrecortada.

—Una *shuriken* —respondió su hermano—. ¡Una estrella ninja!

—¡Por aquí! —gritó Alistair. Dan sintió la mano del anciano

sujetándolo fuertemente por la muñeca y tirando de él. En menos de un segundo entraron en un gran túnel de acero que formaba parte de uno de los juegos del parque.

¡Pam! ¡Pam! ¡Pam-pam-pam-pam!

Dan se estremeció al oír los golpes de las estrellas ninja clavándose en el acero, a pocos centímetros de sus cabezas.

Salieron por el otro extremo, que iba a dar a una construcción de madera. Alistair corría agachado, con la cabeza baja y su bastón bajo el brazo.

Gritos coléricos daban instrucciones en japonés detrás de ellos. Las puertas de los coches se abrían y cerraban a golpes y las ruedas chirriaban. Dan, Amy y Alistair se apresuraron a salir del parque atravesando un césped y saltando una cerca que iba a dar a un patio trasero.

—¡Ay! —exclamó Amy cuando se le atascó el pie entre los alambres de la valla.

—¡No os detengáis! —gritó Alistair.

Dan notó que ya no les lanzaban estrellas ninja. Los *yakuza* no las usarían en un barrio residencial, claro.

Siguieron corriendo hacia el final del bloque, que tenía una línea de tiendas a cada lado. A su derecha, Dan oyó un motor que aceleraba.

—¡A la izquierda!

La calle iba a dar a un gran mercado al aire libre. En él, los vendedores estaban recogiendo sus cosas y desmontando los puestos. Dan se dio cuenta de que él, Amy y Alistair podrían salvarse si conseguían pasar desapercibidos entre la gente. Los *yakuza* crearían un caos si los persiguiesen por allí.

¡RUUUM!

Dan se detuvo de repente. Un Porsche rojo apareció de pronto y se colocó delante de ellos, bloqueándoles la entrada al mercado. Al girar en la esquina, el coche les lanzó destellos con las luces delanteras. Dan se quedó petrificado y cegado momentáneamente.

Entonces agarró a su hermana y echó a correr alejándose calle abajo.

—Salta... ¡salta!

Se lanzaron a la acera y rodaron hasta un buzón metálico mientras se empezaron a oír sonidos extraños.

¡Bang! ¡Bang-bang!

Las balas volaban hacia ellos. Planeaban desde el Porsche hacia donde el taxi *yakuza* iba ahora, echándoseles encima.

¡Plaf!

Una de las balas alcanzó un faro del coche.

¡Bang-bang!

Un proyectil rajó el parabrisas del taxi y éste empezó a derrapar hacia la izquierda, girando sobre sí mismo. Las ruedas se subieron a la acera y la parte izquierda del coche salió despedida en dirección a Dan, Amy y Alistair.

Amy gritó aterrorizada. O tal vez fuera Dan. El muchacho no lo tenía claro. Sólo podía preocuparse de salir volando. Se golpeó la cabeza contra el edificio cuando una mole abollada de acero amarillo se lo llevó por delante.

Con un crujido nauseabundo, el taxi atravesó el escaparate de una floristería que estaba cerrada. Acabó descansando en una cama de flores destrozadas y cristales hechos añicos, con las ruedas en el aire. Dos hombres aturdidos se las arreglaron para salir del destrozado vehículo, caminando con dificultad durante unos segundos y sacudiéndose la ropa. Dan, Amy y Alistair se escondieron juntos entre las sombras, pero los hombres echaron a correr cuesta arriba, aturdidos y atemorizados, mirando por encima de su hombro.

—¿Qué ha pasado? —preguntó Amy.

—Hemos tomado parte en una pelea ninja —dijo Dan asombrado—. Por primera vez en mi vida no virtual. Y ha sido horrible.

Un jaleo de voces que llegaban desde abajo empezó a oírse cada vez más alto, pues la gente del mercado comenzó a subir la cuesta para unirse a los otros curiosos, que aparecían desde todas partes.

Dan se levantó, lentamente. El buzón tapaba la vista de parte del Porsche, pero Dan pudo ver sus brillantes tapacubos y las ventanas tintadas.

—Si ellos no hubiesen estado ahí para salvarnos...

—Ten cuidado —advirtió Alistair.

De repente, el muchacho oyó cómo las puertas del vehículo se abrían. Se quedó de piedra.

—¿Miau?

Se oyó un suave maullido. El corazón de Dan latió con fuerza cuando el joven sintió el sedoso pelaje del animal rozando su tobillo. Miró hacia abajo y vio un mau egipcio que sería idéntico a *Saladin* si no fuera por su descuidado pelaje.

—Oh... —dijo Amy con una sonrisa nostálgica.

—Es igualito a ya-sabes-quién —añadió Dan.

El felino se dirigió sigilosamente hacia Amy, que tenía los brazos abiertos esperándolo.

—Esta raza es muy usual por aquí —respondió Alistair ausente, con los ojos aún clavados en el Porsche—. ¿Hay alguien... vivo ahí?

Por toda respuesta, una figura apareció por sorpresa desde detrás del buzón. Dan se quedó atónito y boquiabierto.

—La próxima vez, chicos, sujetad con fuerza vuestros billetes —sugirió Nella Rossi.

CAPÍTULO 9

Dan se quedó boquiabierto, ignorando a su hermana, que abría y cerraba la boca imitando a la perfección a un pez globo.

—¡Miau! —maulló *Saladin*.

—¡Genial! —Al muchacho no le importó que otros pudieran oírlo gritar. Recogió a *Saladin* y rodeó a Nella con sus brazos.

Amy tenía aspecto de haberse cruzado con un fantasma. Pero a Dan, Nella le pareció real, le pareció estupenda. La notó llena de... pinchos y cuero. Un segundo más tarde, Amy se le echó encima también. Tenía los ojos llenos de lágrimas, por supuesto, lo que hizo que Nella también empezase a llorar. Esas sensiblerías casi arruinan el momento. Incluso Alistair tenía los ojos húmedos.

Saladin saltó a los brazos de Amy y ésta sonrió incrédulamente.

—¿Cómo nos...?

—¿Habéis encontrado? —rió Nella—. Salió incluso en las noticias: cierre del metro, gente en las vías... Y no había duda, ¡son Amy y Dan!

—¿De dónde has sacado ese cochazo? —preguntó Dan.

—¿Quién ha disparado? —añadió Amy.

—¿Dónde está la mochila? —quiso saber el muchacho.

—¿Cómo has escapado de los Kabra? —dijo Alistair.

—Poco a poco —respondió Nella riéndose—. ¡Necesito refuerzos!

Detrás de ella, dos figuras ensombrecidas salieron del interior del coche.

—No se ha escapado —dijo Ian Kabra.

—Totalmente al contrario —dijo Natalie, con una voz congestionada.

Dan sintió cómo la sangre le pasaba por el cuerpo. Amy lo sujetó por el brazo.

—Acabamos de sobrevivir a un ataque ninja —recordó Dan a su hermana—, y no te olvides de que ellos son dos y nosotros cuatro.

—¡Miau! —dijo *Saladin*.

—Bueno, cinco —susurró Dan.

—¡Achús! —estornudó Natalie—. Odio los gatos.

—¡ATACAD! —gritó el muchacho.

Ian le sonrió pacientemente... y apuntó hacia él con una brillante pistola.

—¿No preguntabas por los disparos? —dijo Ian—. He aquí tu respuesta. Si habéis sobrevivido a los *yakuza* ha sido gracias a mi habilidad con esta arma. Y porque insistí en alquilar un coche de precisión veloz y no el Chevy Cobalt beige que vuestra niñera quería.

—Por si no lo habéis entendido, idiotas, os hemos salvado —concluyó Natalie—. ¡Achús!

—Pero... ¿por qué? —preguntó Dan—. Si vosotros nos odiáis.

—Eso es cierto —exhaló Natalie, cansada.

—¡Vaya, Nati! Tómate la medicina de la alergia, ¿vale? A ver si así no me duchas en el coche. —Mostrando una sonrisa a Dan y a Amy, Nella sujetó la manilla de la puerta del conductor—. Vamos, entrad. Todos vosotros.

—Pero... —dijo Amy, mirando reacia a los Kabra.

—Tenemos que marcharnos antes de que los *yakuza* vuelvan —dijo Nella—. Ya os lo explicaré todo. Ah, vuestras mochilas están en el maletero.

«¡Bien!», pensó Dan. Eso quería decir que volvían a tener las espadas. Dan se sentó en el suave asiento de cuero de la parte trasera con Amy e Ian. Los otros se apretujaron en la parte delantera.

—¡Vaya! Esto va a mejorar nuestra reputación —dijo Dan—. ¿Podemos quedárnoslo?

—Hemos dejado algunas... prendas de vestir cerca de la estación del metro —dijo Alistair cuidadosamente—. ¿Te parece bien si te dirijo hasta allí, Nella?

—¡Cinturones de seguridad! —ordenó Nella. Arrancó el coche, se separó de la acera y, lentamente, atravesó un semáforo en ámbar. Alistair señaló la derecha y ella continuó su explicación—. Está bien, os pondré al día. Cuando vi a Gómez y a Morticia en el avión, casi me da algo. Pensé: ¿dónde están mis niños? ¿Se los han comido éstos? Entonces me contaron lo que había pasado... Eso sí, no dejaron de fanfarronear, porque aunque tengan sólo once y catorce años, hablan como si hubiesen escapado de una competición de pistas. «Hemos falsificado los billetes, ¡ja-ja!» En fin, trataron de amenazarme, bla bla bla... Yo por supuesto me opuse y entonces pensé: «¿Ahora qué? ¿Pondrán veneno en mi bebida?», pero claro, luego me dije: «Nooo... no creo que sean tan rastreros». Pero luego la pillo haciéndolo a sólo dos centímetros de mí... Así que claro, me enfado muchísimo... Ya sabéis, finjo que me lo voy a beber y luego ¡zas! Se lo tiro en toda la cara. Fue tan divertido que no podía parar de reír, pero entonces ellos se pusieron histéricos y tropezaron el uno contra el otro tratando de encontrar su maleta de mano. Actuaban como si «Puaj, tenemos basura en la cara», y al verlos yo les dijera: «¡Hay que crecer, niñatos!». Así que cogí su maleta y me senté encima. Mala idea...

—El veneno estaba muy concentrado —interrumpió Ian—. Con la cantidad que Natalie habría usado, nos habría mutilado, nos habríamos quedado ciegos.

Disgustada, Amy se separó de él, pegándose a Dan tanto que él apenas tenía espacio entre ella y la puerta del coche.

—¿E ibais a dejar que Nella se lo bebiese? —preguntó ella.

—Nosotros sólo queríamos atontarla un poco —dijo Ian—. Con una sola gota, pero hubo una turbulencia y a Natalie se le fue la mano, y antes de que pudiésemos avisar a vuestra niñera con *piercings*, ella ya nos había empapado. Afortunadamente, nos permitió sacar el antídoto de nuestra maleta.

—Eso es amabilidad —opinó Amy.

—Les hice prometerme que me darían todo el dinero que llevaban con ellos —explicó Nella.

—Eso es chantaje.

De un volantazo, Nella detuvo el coche a la derecha y Dan sintió que iba a llevar una fotocopia de Amy en él durante el resto de su vida. Con el rabillo del ojo, vio la mano de Amy rozar accidentalmente la de Ian. Ella hizo un gesto y la movió.

—¡Miau! —maulló *Saladin*, con el pelo erizado y bufándole a Ian.

—Eh... bueno... —añadió Ian, tratando de separarse del gato—. Existe una razón para que aún estemos aquí: nos gustaría proponeros una alianza temporal. Como ya le hemos explicado a la glotona de vuestra niñera, tenemos algo que necesitáis.

—¿El qué? ¿Dos billetes de avión? —preguntó Dan—. Demasiado tarde. Además, preferimos aliarnos con un cubo de babas antes que con un Kabra... si es que hay alguna diferencia entre las dos cosas.

—Estupendo —respondió Ian—. Utilizaremos nuestro artefacto para encontrar la pista nosotros mismos...

Alistair se volvió hacia el joven Kabra.

—¿Artefacto?

—Qué reconfortante, una mente abierta —añadió Ian con una sonrisa astuta—. Como bien sabe, señor Oh, los Lucian hemos dedicado años a buscar y guardar indicios de posibles pistas. También lo han hecho los Ekat. Y seguramente también lo hayan hecho los... eh... ¿a qué rama pertenecéis vosotros, Daniel?

—A los Cahill —respondió él tajantemente. Odiaba que él y Amy fueran los únicos que no sabían a qué rama pertenecían—. En serio, estás loco si crees que vamos a trabajar contigo.

—Dan, nos han salvado la vida —dijo Amy.

—¡También intentaron matarnos! —exclamó Dan—. En aquella cueva en Salzburgo, en los canales de Venecia...

—Por eso... ¿Ves cómo las cosas pueden cambiar? —añadió Natalie, con un tono alegre.

—Nuestro... objeto perteneció a un guerrero japonés —explicó Ian—. Será crucial para encontrar la próxima pista. Desgraciadamente, ni Natalie ni yo entendemos el japonés. Ahí es donde entra usted, señor Oh. —Se acercó al asiento delantero—. Si usted nos da lo que sabe, nosotros le daremos lo que tenemos. Trabajaremos juntos.

—Sólo por una vez, con esta pista —se apresuró a puntualizar Natalie—. Después, mantendremos las distancias, que tenemos una reputación que cuidar.

—Para aquí —pidió Alistair a Nella.

¡Friiiii! El Porsche derrapó hasta pararse en una esquina sombría.

—¿Cómo sabré que puedo fiarme de vosotros? —preguntó Alistair.

—No-nosotros ya sabemos que no po-podemos —tartamudeó Amy.

Ian sonrió y metió la mano en el bolsillo. Sacó una pequeña bolsita de terciopelo estampada con el blasón de los Kabra y la colocó en la mano izquierda de Amy.

—Todo tuyo, Amy Cahill. Ahora... ¿cómo sabremos que podemos fiarnos de vosotros?

Una moneda.

Una estúpida moneda de oro con un símbolo dibujado. Así era como los Kabra estaban comprando su confianza. Alistair había leído la impresión en japonés de la parte de atrás y había dicho que podría haber pertenecido a Hideyoshi. «Podría.» Dan no podía soportarlo. Colaborar con los Kabra era como besar a tu hermana. Bueno, tal vez no fuese para tanto.

—La moneda es muy bonita —susurró Amy, mientras rodeaban la esquina hacia el callejón donde Dan había tirado los objetos. Por delante de ellos, el tío Alistair estaba explicando a Ian y a Natalie lo que les había pasado en el metro.

—¡Es una ficha para el salón de videojuegos Laser Sport Time! —murmuró Dan.

—El tío Alistair no lo cree —respondió Amy—. Es numismático.

—¿Se saca la ropa en público? —preguntó el joven.

—¡Quiere decir que colecciona monedas! Además, creo que Ian está diciendo la verdad.

—Eso es porque te tocó la mano y ahora vuestras mentes están conectadas.

—Chist —dijo Amy, pues Ian estaba mirándolos.

El cielo del atardecer se había vuelto de un color morado cuando llegaron al callejón que estaba al lado de la parada de metro. La chaqueta de seda estaba aún en la esquina como una bolsa vieja olvidada. A pesar de la falta de luz, Dan pudo ver una mirada familiar en la cara de su hermana.

«Siento haberte avergonzado delante de tu novio», pensó él.

Alistair se arrodilló para coger el recipiente cuadrado.

—Date prisa —dijo él.

Con un suspiro reacio, Dan se las arregló para retirar la tapa del recipiente cilíndrico. Detrás de él, Alistair apartó disgustado el cubo.

—Aquí no hay nada más que lagartijas.

Mientras estiraba la mano para coger otro recipiente, un coche negro y largo se paró a unos metros de distancia. Un hombre con un uniforme negro salió del lado del conductor y dio la vuelta para abrir la puerta del pasajero.

Entre las sombras, Dan se incorporó para ver bien. Un hombre asiático, delgadísimo y de edad avanzada, salió del coche. Su pelo blanquecino y plateado le sobrepasaba los hombros y llevaba puesto un elegante traje oscuro con un pañuelo de bolsillo de seda. Mientras caminaba por la acera, abrió un teléfono móvil y se arrodilló en la entrada del metro para echar un vistazo al interior.

Dan dio un golpecito en el hombro de Amy.

Escuchó al tío Alistair respirando entrecortadamente y murmurando para sí algo que sonó como «Bae».

—Bye? ¿Adiós en inglés? —dijo Dan, cuando de repente Alistair tiró de él para meterlo más entre las sombras.

El anciano volvió al coche, éste arrancó y pronto los perdieron de vista.

—¿Quién era ése? —preguntó Dan—. ¿El emperador de los yakuza?

—Tenemos... —La voz de Alistair parecía no querer salir de su garganta—. Tenemos que darnos prisa. Abrid todos los recipientes. Ya.

Tirando con mucha fuerza, Dan finalmente consiguió abrir la tapa del cilindro. Varias tuercas, tornillos, pernos y remaches salieron volando de la caja.

—Fascinante... —Ian encontró algunas herramientas en el envase rectangular—. Me encantan los martillos.

Alistair suspiró frustrado.

—Esa habitación que encontramos debía de ser un olvidado almacén del metro que se selló cuando lo construyeron.

—Pero ¿qué tipo de obreros se dejarían misteriosos poemas? —preguntó Amy, mientras abría el contenedor triangular con aires de curiosidad.

—Tal vez sean sólo canciones —respondió Dan con una sonrisa aburrida—. Porque, ya sabes, esos tipos siempre tienen que mantener el ritmo...

—¡Eh, mirad! —Amy se aproximó a la luz de la farola y extendió un rollo de pergamino muy largo que estaba dentro del tubo. Mientras los otros la rodeaban, Dan enfocó con su linterna el texto. Estaba escrito con una oscura y elegante caligrafía, rodeada por el desvanecido dibujo de un paisaje rocoso que parecía inacabado.

Alistair comenzó a traducir:

—Entre tres astas yace la riqueza del pueblo, en el lugar de la conquista final. Y a través de la unión de los elementos, se garantiza la entrada a lo más grande que se ha de revelar.

—Claro como el wasabi —observó Dan.

—Esas letras de ahí abajo —añadió Amy— parecen de nuestro alfabeto.

Dan dirigió su linterna hacia un grupo de letras sin adornos y escritas con una caligrafía mediocre que estaban al final del pergamino:

—¿Toota? —preguntó Ian—. ¿Será que alguien ha transcrito fonéticamente la palabra francesa *toute?*

—Claro que sí, Ian... —respondió Dan—. Francés, en un pergamino japonés.

—«Conquista final»... —murmuró Alistair—. ¡Eso es! ¡Ahí está la clave! ¡Ya sé dónde está la pista!

—¿Dónde? —preguntaron Dan y Amy al unísono.

Una sonrisa cruzó la cara del anciano por primera vez en todo el día.

—¡El lugar donde Hideyoshi montó su campaña final y sufrió su más humillante derrota!

—Muy bien —dijo Ian vacilante—. Por supuesto, ¿y eso es en...?

—Vamos a casa —dijo Alistair, con los ojos iluminados—, a Corea.

CAPÍTULO 10

Bae.

Ese nombre, que una vez fue tan importante en su vida, ahora sólo conseguía enfurecerlo.

Su tío Bae había estado tan cerca. ¡En medio de la calle! «No era el momento adecuado», se recordó Alistair a sí mismo.

Tendría que esperar, que planear.

Se dio la vuelta en su asiento para ver qué hacían sus compañeros de vuelo. Los hermanos Kabra estaban concentrados viendo un viejo episodio de la serie de moda en las pantallas personalizadas que había en el respaldo del asiento delantero y los Cahill se entretenían tratando de resolver el crucigrama de la revista de la línea aérea.

Discretamente, desdobló el folio que había impreso en la biblioteca. A lo largo de su vida, Alistair se había gastado una fortuna en investigadores privados tratando de encontrar al hombre que lo había dejado sin nada. Y ahora ya había descubierto la identidad del hombre. Muerto a una edad avanzada, se trataba de un anciano respetable que, a escondidas, había amasado una fortuna conseguida a base de asesinatos a sueldo. En una cámara acorazada, había conservado los datos de cada uno de los crímenes. Por lo visto, había conservado absolutamente todo.

Alistair estiró el papel en su mesita y leyó el documento por enésima vez, o eso le pareció a él. Las manos le temblaban.

RETRIEVED, H. H. KOH INVESTIGATIONS, AUG. 25 01:23:52
UPLOADED VPN AUG. 25 03:14:27

INDUSTRIAS OH

22 de abril de 1948

Querido ███████████

    Mi hermano llegará a las 15.07 en el vuelo Delta al aeropuerto Idlewild de Nueva York el 11 de mayo. Tiene la habitación 1501 en el Waldorf Astoria de Park Avenue. Encontrará el coche frente al hotel el 12 de mayo a las 19.15, después de la cena, para ir a un espectáculo de Broadway en el Imperial Theater. El conductor será ███████████ Llegaréis hasta allí por la Calle 45.

    Tras la finalización de la misión, el pago será efectuado conforme a lo esperado. Por favor, confirme si le parecen bien 5 mil dólares americanos. Destruya la carta inmediatamente.

Atentamente,

Bae Oh,
Vicepresidente Senior

Alistair se forzó a leerla, luchando con su enfado y las náuseas que ésta le provocaban.

«Cinco mil dólares.»

La vida de su padre por cinco mil dólares.

Los detalles de lo que había sucedido en Nueva York estaban grabados en el cerebro de Alistair. Aún hoy en día llevaba siempre consigo un recorte del periódico, arrugado y amarillento, con la noticia del asesinato: «Ciudad de Nueva York, 12 de mayo de 1948: el empresario coreano Gordon Oh ha sido asesinado en el cruce de la Avenida Madison con la Calle 45 mientras se dirigía al teatro en su limusina».

Esto era lo que decían todos los periódicos: un allanamiento de morada en Brooks Brothers hizo estallar la alarma. El desesperado ladrón echó a correr por la avenida con una pistola en mano y trató de incautar un coche parado en un semáforo: la limusina que había alquilado su padre. El señor Oh trató de detener al hombre, pero a pesar de haberse defendido noblemente, perdió la vida trágicamente. El criminal consiguió huir y nunca fue encontrado.

Su padre se encontraba en el lugar equivocado y en el momento equivocado.

Ése era el informe oficial.

Cuando era niño, Alistair nunca había sospechado nada. Pero a veces se planifican accidentes y se contratan asesinos. Siempre había temido a su tío Bae Oh, el hermano gemelo de su padre. Desde niño, Bae siempre había sido el hermano perezoso. Un holgazán interesado que siempre había ansiado el puesto de director de la rama Ekaterina, pero que nunca lo había conseguido y que, además, se había pasado la vida bajo la sombra del robusto y apreciado Gordon. Ya como adulto, Bae siempre estaba metido en asuntos turbios, y era tan despiadado como un Kabra en sus negocios.

Bae anhelaba gloria y riquezas... y las 39 pistas. Cualquiera que se interpusiera en su camino tenía que desaparecer. Incluso su propio hermano.

No importaba que, al otro lado del mundo, la esposa de Gordon se llevase un disgusto tan grande que tuviese que ser hospitalizada, o que a su hijo, de cuatro años de edad, se le hubiese partido el corazón ese día.

Un niño que fue enviado, con los ojos llenos de lágrimas y totalmente solo, a casa de su tío, un hombre de sangre fría que lo ignoró y se burló de él durante toda su vida.

Su tío Bae Oh, el hombre que había contratado al asesino.

Alistair observó a los jóvenes Cahill. Discutían por una de las respuestas del crucigrama, pero rápidamente la discusión se convirtió en una broma, pues el muchacho se había inventado una palabra sin pies ni cabeza... Farfullaban varias palabras sin sentido y se reían a carcajadas. Incluso ahora sonaban como hacía once años, cuando eran un recién nacido y una niña de tres años. Fue en esa época cuando Alistair hizo aquella promesa a Hope y a Arthur; una promesa que le había sido casi imposible mantener.

Los niños no se acordaban, por supuesto. Pero él sí. Ahora la pareja ya no estaba entre ellos, y la causa era exactamente la misma por la que él había perdido a sus propios padres: las pistas.

Suspiró. Por lo menos ellos se tenían el uno al otro, pero a él no le quedaba nada más que la venganza.

Las manos le temblaban mientras doblaba el papel y volvía a guardarlo en su bolsillo. Estaba seguro de que no podría pegar ojo durante el vuelo.

CAPÍTULO 11

Había rumores de que Alistair Oh estaba arruinado, de que su negocio no había tenido éxito, pero cuando Amy vio su mansión, en un pueblecito a las afueras de Seúl, en Corea del Sur, empezó a darles vueltas a varias recetas de burritos de queso.

—¡Vaya! ¡Menudo palacio! —exclamó Nella cuando se detuvo la limusina, tras un breve paseo desde el aeropuerto.

Un inmaculado edificio blanco se erigía deslumbrante en lo alto de una colina cubierta por una cuidada alfombra de césped. El camino de la entrada principal estaba decorado con crisantemos naranja y amarillos y, al final de éste, había un pequeño bosque de cerezos y cornejos cuyas hojas se mecían con el viento. El simple hecho de estar allí, en ese determinado entorno, ya te hacía sonreír.

—¿Dónde está la casa principal? —preguntó Natalie, nada más salir del coche.

—*Voilà*. —Alistair hizo un simple gesto señalando la mansión. Amy lo había visto cansado todo el día, parecía como descentrado.

—¿Dónde? ¿Detrás de la casita de la piscina? —inquirió Natalie. Ian le dio un codazo en las costillas.

—Mi casa es uno de los pocos beneficios que aún conservo de mis días como magnate de los burritos —explicó Alistair, que caminaba con los Kabra a un lado y con el conductor al otro, quien, a su vez, llevaba las maletas de Dan y de Amy—. Al señor Chunk, mi chófer, lo contraté en aquella época también, igual que a Harold, mi mayordomo. Nuestro pequeño y acogedor equipo. Las cosas eran de otra manera antes.

—Oh, lo que llega por sorpresa, también se va por sorpresa... Por suerte a mí no me ha sucedido nunca —respondió Ian—. La casa tiene unos preciosos... marcos en las ventanas.

—Gracias. Son importados, vienen de Sudamérica —añadió Alistair.

Dan se acercó a su hermana mientras se aproximaban a los demás y susurró:

—¿Marcos de ventana? ¿A ti te parece normal que un chico de catorce años hable de marcos de ventana?

Amy se encogió de hombros.

—¿Has comprobado que todo estuviera bien en la mochila?

—Sí, Rufo y Remo siguen allí.

Amy se sacó los zapatos y pisó el suave y recién cortado césped. Una ligera brisa le acarició la nariz y la muchacha empezó a reír y a dar vueltas sobre su pie bueno con los brazos abiertos como si fuese un molino de viento.

—Estupendo... Estoy en Corea del Sur y mi hermana se ha convertido en Julie Andrews —murmuró Dan.

Amy dejó caer los brazos. Todos la miraban boquiabiertos. Ella se sentía como cuando iba a clases de ballet: rechoncha, descoordinada y fea. Clavó la mirada en la hierba, como si quisiese hacerla desaparecer con sus ojos.

—Lo que tu hermana está haciendo —añadió Ian, caminando hacia la casa— se llama «disfrutar». Tal vez deberías aprender de ella, Daniel. Es reconfortante.

—¿Reconfortante? —respondió el joven Cahill—. ¿Amy?

Amy le sacó la lengua a su hermano. Ian le mostró una sonrisa y a ella le dio un vuelco el corazón, pero se las arregló para devolvérsela. A Dan eso le crispó los nervios.

Ella iba unos pasos detrás de Ian mientras subían la cuesta, hasta que pudo ver la casa de Alistair. Se extendía hasta una enorme terraza provista de piscina y adornada con césped. Hacia uno de los lados había un riachuelo que pasaba a través de un jardín decorado con rocas e iba a dar a un estanque con peces de colores. Hacia el otro lado, había un seto espeso que parecía no acabar nunca.

—Los burritos de microondas Tentadora Tempura me compraron esto —explicó Alistair, señalando el paisaje—. Principalmente los de ternera.

—Es muy tranquilo —asintió Natalie—. Es increíble todo lo que se puede hacer en un espacio limitado.

Alistair arqueó una ceja.

—No es nada en comparación con la propiedad de los Kabra, por lo que veo.

—Odiábamos crecer allí —respondió Ian—. Todos los años se perdía uno de los dos en los exuberantes jardines, así que tenían que enviar a los perros rastreadores a buscarnos.

—¿A los qué? —preguntó Dan.

Natalie suspiró con tristeza.

—Algunos dicen que fue una infancia violenta, pero era la única que conocíamos.

Nella salió de la casa. Detrás de ella iba un mayordomo uniformado con seis botellas de refrescos que colocó encima de una mesa al lado de seis sillas de madera.

—Gracias, Harold —dijo Alistair. El mayordomo hizo una reverencia y volvió a entrar en la vivienda—. Si Toyotomi Hideyoshi se hubiera salido con la suya, estas tierras serían ahora japonesas. Él quería conquistar toda Asia oriental y nunca había fallado. Algunos dicen que tenía intenciones de edificar su palacio principal aquí en Corea, donde nacería su heredero y posteriormente sería coronado. También construyó grandes cámaras acorazadas y escondites. Hideyoshi fue uno de los coleccionistas más importantes de la historia...

—¡Ya decía yo que me caía bien! —interrumpió Dan.

—Según una leyenda familiar, él coleccionó una pieza muy importante —continuó Alistair—, una de las pistas del secreto de los Cahill, que aún seguimos buscando cinco siglos más tarde —añadió con un suspiro—. Ningún Ekat lo ha encontrado jamás. Nadie sospechó que pudiera estar en Corea, pero nuestro pergamino nos guiará hasta él, si sabemos cómo leerlo.

—Pues cuenta conmigo —anunció Dan—. ¿Por dónde empezamos?

—Desgraciadamente —respondió Alistair bostezando—, yo no podré hacer mucho después de un agitado vuelo en el que no he pegado ojo. ¿Le concederíais una reparadora siesta en su propia cama a un anciano como yo? Será tan sólo media hora. Harold os dará algo de comer hasta entonces. Por favor no os alejéis demasiado y no deambuléis por ahí.

—Por supuesto —respondió Amy.

Alistair se despidió con un gesto y entró en la casa.

—¿Puedo ayudarles? —preguntó Harold—. ¿Comida, bebida, revistas, televisión, consolas portátiles?

—¿*Warcraft*?

Harold sonrió.

—Segunda puerta a la derecha.

Dan entró en el edificio, Natalie se acomodó en una silla con la edición coreana de la revista *People*, y Nella se puso los cascos y empezó a escuchar música con su reproductor.

Ian miraba fijamente el jardín.

—¿Qué es eso? —preguntó.

—¿El... el... el qué? —dijo Amy.

Señaló un huequecito que había en el denso seto.

—Parece que hay un laberinto en el arbusto. Venga, vamos a echar un vistazo.

—No... mejor no.

—¿Por qué no? —preguntó el joven—. ¿Qué otra cosa podemos hacer?

A Amy le pareció que él tenía una extraña mirada en su cara. Una sonrisa curiosa, como si ella acabara de rechazar un helado o el premio de un cupón de lotería. Como si él pensase que era imposible que alguien pudiera decir que no.

—Alistair nos pidió que no deambulásemos por ahí —explicó la muchacha, metiéndose las manos en los bolsillos.

Ian movió la cabeza de forma tentadora.

—Pensaba que eras una valiente exploradora.

—Oh... vamos... —respondió Amy con un aire sarcástico, al mismo tiempo que trataba de luchar contra el cosquilleo que sentía en la nuca.

—Está bien... —dijo él, encogiéndose de hombros—. Tú decides.

Cuando él se marchó, Amy tuvo que frenarse a sí misma para no salir detrás de él.

«Pero ¿qué estoy haciendo?», pensó.

Él era un idiota. Era más idiota que un idiota. Era una nueva definición de «idiota». No tenía por qué seguirlo.

Sus dedos apretaron con fuerza la moneda que él le había dado. La sacó de su bolsillo y la echó al aire.

—Si sale cara, voy contigo. Si sale cruz, me quedo.

La moneda aterrizó con el extraño símbolo hacia arriba. ¿Eso era cara o era cruz?

Ian suspiró decepcionado.

—Bueno... parece que he perdido.

Cuando su pelo, brillante a la luz del sol, desapareció entre los arbustos, ella dio media vuelta y entró en la casa.

—¡AHHHHH!

Al oír el grito, Alistair salió disparado de su habitación con los pies descalzos. Pasó por delante de Amy, que esperaba por un zumo en la cocina.

Ella lo siguió afuera. Harold y Dan iban detrás.

A lo lejos, Amy oyó un violento gruñido que crujía entre los arbustos. Ian apareció corriendo por el hueco entre el seto, sin un zapato y escapando a toda velocidad.

—¡SOCORROOOO!

Detrás de él había un enorme perro, parecía ser una mezcla: un poco de pit bull, algo de gran danés y, por su aspecto, quizá también tuviera genes de oso pardo.

—¡Pero qué...! —exclamó Alistair—. ¡Quieto! ¡Siéntate!

—¡No puedo sentarme! ¡Me ha mordido el pompis! —chilló Ian.

—¿En serio? —preguntó Nella, con una sonrisa de oreja a oreja.

Alistair, aún cojeando, empezó a caminar hacia el animal,

que estaba en el césped. Tenía un dedo levantado y lo movía hacia adelante y hacia atrás. El perro agachó la cabeza tímidamente y empezó a gimotear.

—¿Así es como me recibes a mi regreso? ¡Chica mala! ¡Eres muy muy mala, *Buffy*!

—¿*Buffy*? —preguntó Dan.

GRRRRR.

—Chist... se pone muy sensible con el tema de su nombre —respondió Alistair.

—¡Os voy a poner una demanda! —dijo Ian enfadado—. Una a ti y otra al perro. Y a todo el país de Corea del Sur. Y... y...

—¿Al diseñador del jardín? —preguntó Natalie.

—¡Y al diseñador del jardín! —añadió Ian.

—En realidad *Buffy* es como un minino —informó Alistair, mirando a Ian con un aire sospechoso—, a menos que la cojas por sorpresa.

—¡Ruf, ruf! —ladró *Buffy*, lanzando saliva a un lado y a otro.

—¡Qué bonita es! —exclamó Nella.

—¡Esto es seda persa cosida a mano! —dijo Ian dándose la vuelta y mostrando sus pantalones rasgados, que dejaban a la vista unos calzones blancos, estampados con símbolos del dólar de color rosa. Rápidamente, volvió a girarse y dijo:

—Bah, es igual.

—Preciosos —añadió Nella.

—Calla... —respondió Natalie, tratando de ocultar una sonrisita.

—¡Por más que lo intento, no le veo la gracia! —gritó Ian, que tenía los ojos rojos de la ira y la vergüenza—. Y vosotros tampoco se la veréis. Te hundiré, Alistair. Haré que te pongas de rodillas.

—Jovencito —interrumpió Alistair enfadado—, soy demasiado viejo y sabio como para dejarme intimidar por un muchacho de catorce años que me despierta de mi tan necesitado sueño por una tontería como ésta. ¿Qué hacías fisgoneando en mi seto si yo te había pedido que no lo hicieras?

—¿Y dónde se ha visto que alguien ponga un perro guardián en el centro de un laberinto de arbustos? —contestó Ian bruscamente—. ¿Qué hay ahí, Alistair? ¿Qué escondes?

Alistair se aclaró la garganta. Sacó un peine de su bolsillo y se arregló el pelo como si estuviese a punto de asistir a una reunión de negocios.

—Supongo —dijo él— que tendremos que hacer esto ahora. Tal vez quiera cambiarse de ropa, señor Kabra. —Llamó a alguien por encima de su hombro—. Harold por favor, ponga algo de desinfectante en las heridas del muchacho.

Ian se puso pálido.

—Lo haré yo mismo —respondió, dirigiéndose hacia la casa.

Nella se recostó en una de las sillas con la cara cubierta de protección solar.

—Despertadme cuando esto haya acabado.

Cuando atravesaron el seto, Amy pudo ver en los ojos de Ian lo dolido que estaba. Llevaba unos pantalones del uniforme de Harold y le quedaban un par de tallas demasiado grandes.

—Me pican —protestó el joven Kabra.

—¿No tienes otro par en tu maleta? —preguntó Dan—. ¡Qué mala suerte!

Con una carcajada en la boca, Dan siguió su camino. Ian se volvió hacia Amy, tratando de sonreír valientemente.

—Me refería a las heridas, no a los pantalones.

Ella se colocó a su lado.

—Él, él... debería haber...

Cuanto más lo intentaba, peor se sentía. Las palabras se le quedaban atascadas en la garganta como pelotas de voleibol.

—¿Alistair debería haberme avisado? —adivinó Ian—. Gracias, yo también lo creo.

—Eso es... —respondió Amy. «¡Cómo me explayo!», pensó la muchacha. Agarró con fuerza su collar de jade y jugueteó nerviosamente con la cadena.

—De todas formas, tienes razón: me lo habías advertido —dijo Ian con un tono suave—. Debería haberte hecho caso.

—Bueno, eh... —respondió Amy, que de repente sintió como si la temperatura hubiese subido diez grados.

Ian se rió.

—Por lo menos supongo que sólo me dolerá cuando me siente.

Amy volvió a colocarse a su lado, mirándolo caminar, contando cuántos pasos daba ella en comparación con él. Él daba muchos menos.

En poco tiempo alcanzaron a los demás. Alistair se había parado delante de una sección del seto y ahora estaba adentrándose en él.

Dan clavó los ojos en Amy.

«¿Qué es todo esto?», decía su cara.

Después, le lanzó una mirada de acusación a Ian. Antes de que él pudiese devolvérsela, Amy se apartó de ellos.

Ella podía leerle la mente de todas formas. Odiaba que él tuviese razón.

Alistair estaba retirando el arbusto de una de las secciones para revelar una trampilla redonda de hierro fundido.

Los Kabra, los Cahill y *Buffy* rodearon la puerta; todos miraban perplejos a excepción de *Buffy*, que sólo babeaba.

En la trampilla estaba inscrito el número 5005. Debajo de él había un enorme y pesado cerrojo con un círculo que tenía grabados los números del uno al treinta, como si estuviese diseñado para permitir la entrada sólo a través de un código.

—Esto, queridos niños —dijo Alistair con orgullo—, es cerdo a la brasa.

Dan golpeó el cerrojo con los dedos.

—Parece que ha pasado demasiado tiempo al sol.

—Lo que quiero decir es que las ventas de mis burritos de cerdo a la brasa pagaron todo esto —explicó el anciano—. Se trata de una combinación de cuatro cifras y toda la información que necesitáis para descubrirla está aquí mismo. Tenéis tres intentos, puedo ofreceros una pista... pero os costará un intento.

Ian frunció el ceño. Amy podía ver cómo se movían las ruedecillas del motor de su cerebro.

Respiró profundamente. 5005. Había algo raro en ese número.

—Es un palíndromo —anunció Ian—, de izquierda a derecha se lee lo mismo que de derecha a izquierda. Eso tal vez signifique algo.

—Si le damos la vuelta a las cifras, el número que vemos es el 2002 —añadió Natalie.

Dan exhaló fuertemente.

—Por lo que veo el dinero no garantiza inteligencia. ¿No veis lo obvio que es?

—¿Cómo dices? —dijo Ian.

—No le deis demasiadas vueltas... ¡El tío Alistair dice que todo lo que necesitamos saber está aquí! —Hizo girar los números cinco, cero, cero y cinco y después tiró del cerrojo.

No se movió un milímetro.

—Eso ha sido el primer intento —anunció Alistair.

Ian fulminó con la mirada a Dan.

—Tal vez pensar no sea tan mala idea.

—Creo que necesitamos la pista —sugirió Natalie.

—Muy bien —respondió Alistair—. Es una adivinanza: vuestros números parientes os ayudarán.

Hubo silencio. El cerebro de Amy trabajaba sin descanso.

—Parientes... —murmuró Dan con cara de concentración—. Pero los números no tienen familia... ¡Tal vez esté relacionado con cuántos Cahill fueron maestros de las matemáticas! ¿Qué os parece? Yo creo que por lo menos eran treinta.

Ya tenía la mano en los números de la puerta, cuando Alistair le recordó:

—Sólo os queda una oportunidad. Si falláis, no podré dejaros entrar.

Dan se quedó paralizado.

—Vamos, chicos. Ayudadme con esto. El primer número es treinta ¿y luego...?

—A lo mejor tenemos que separar hombres y mujeres. Así ya tenemos dos cifras, pero no sé cuántos hay de cada... —respondió Ian.

—Son dieciocho mujeres y doce hombres —dijo Natalie, llena de orgullo—. Podéis creerme, que sé de lo que hablo.

—Pero... aún nos faltan cifras.

—¡No! —gritó Amy. No estaba muy segura, pero la adivinanza era muy parecida a las de los Anagramas y Juegos de Palabras de *The New York Times* dominical con los que Dan solía entretenerse. En ese caso, la pista estaría medio escondida entre las palabras y sólo hacía falta saber cómo leerla—. Yo creo que eso no tiene nada que ver. ¿Puedo intentarlo?

Dan la miró con el ceño fruncido.

—Amy, yo soy el de los puzles. Es mi campo de especialidad.

La joven se echó hacia atrás. Tal vez él hubiese visto alguna otra cosa, Dan siempre veía cosas donde nadie más las veía. Era un genio de los puzles. El antiguo código de las calaveras que encontraron en las catacumbas de París lo descubrió él. Si consiguieron leer la pista codificada en la partitura de Mozart, también fue gracias a él.

Pero ahora estaba distraído: miraba a Ian como si quisiese matarlo con sables de luz ópticos. No estaba concentrado.

—Estoy bastante segura de la respuesta —dijo la muchacha.

Alistair sonrió e hizo un gesto señalando hacia la puerta.

—Por favor.

Amy apartó su mirada de los ojos desconfiados de su hermano.

—A ver... pensémoslo bien. Aunque los números no tengan familia, tenemos que concentrarnos en la palabra «pariente». ¿Qué tipos de parientes hay? Padres, madres, abuelos, tíos... ¡y primos!

—¡Así que se refiere a los números primos! —añadió Natalie.

—Entonces... tenemos que buscar números primos que estén relacionados con el número 5005 —razonó Dan.

—Odio las matemáticas —opinó Natalie.

—Si multiplicamos los números primos cinco, siete, once y trece, obtenemos el 5005.

Temblando, Amy dirigió su mano hacia la cerradura y empezó a marcar los números.

Clic.

La joven retiró el cerrojo y abrió la trampilla.

—Bienvenidos —dijo Alistair— al santuario Oh.

CAPÍTULO 12

«Es una habitación pequeña, pero fea», pensó Ian con una sonrisa en la boca. Era un viejo chiste de la familia Kabra.

El joven Cahill, Dan, miraba fijamente la húmeda habitación revestida en madera, y parecía que estuviera a punto de llorar.

—¡¿Esto es todo? ¿Tienes una bestia asesina y comedora de hombres guardando esto?! —gritó—. ¡Una biblioteca!

Amy contemplaba la estancia impresionada.

—Es... ¡preciosa!

La muchacha era modesta y atenta. Qué extraño. Ian no solía ver estas cualidades en otras personas... especialmente durante la búsqueda de las 39 pistas. Obviamente, a él le habían enseñado a evitar ese tipo de comportamiento a toda costa y a no relacionarse con gente que tuviese esas costumbres, pues eran de mal gusto. O como diría papá, son SPM: sólo para mediocres, y los Kabra, por supuesto, eran todos excelentes.

Sin embargo, ella le fascinaba. Cómo disfrutaba caminando por el pedacito de césped de Alistair, el asombro que mostraba por aquel ridículo cuchitril... No parecía posible que tan poca cosa pudiera proporcionar tanta felicidad. Esto le produjo un curioso sentimiento que nunca antes había experimentado. Algo como una indigestión, pero bastante más agradable.

«Ah, vaya... será por los vaqueros rasgados», pensó él. La humillación le suavizaba el alma.

Se fijó en los abarrotados estantes, en las mohosas paredes de roble, en las agrietadas butacas de cuero, en las espantosas luces fluorescentes, en los excrementos de ratón de las esquinas, en las roídas molduras y en los cuadros que parecían haber sido comprados por un daltónico en un rastro. «¿Bonito?»

—¡Son libros! —protestó Dan—. ¡Vaya tostón!

Por una vez, Ian coincidía bastante con él.

—Son libros poco comunes —anunció Alistair, señalando exageradamente hacia una sección con vidrieras—, y eso sin mencionar una de las colecciones más distinguidas de material secreto sobre la familia Cahill. Es la pasión de mi vida, dado que muchos de estos objetos son únicos. ¡Gracias a este lugar podemos albergar esperanzas de descodificar el pergamino!

Ian estaba a punto de sentarse cuando se dio cuenta de que sus partes posteriores tal vez no se lo agradeciesen. Ni siquiera le resultaba demasiado agradable estar de pie, pues los pantalones de poliéster parecían papel de lija. Además, los lloriqueos de Dan hacían la experiencia totalmente insoportable.

Tendría que evitar al hermano. La hermana, por lo menos, era interesante. Se preguntaba si su falta de cinismo sería contagiosa.

Qué desagradable, de todas formas...

—Tal vez deberíamos dividirnos en equipos —sugirió Ian—. Una carrera. Amy y yo registraremos el material de los dos estantes de arriba, Natalie y Dan podéis hacer lo mismo con los de abajo.

—Excelente —aceptó Alistair—. ¿Estás de acuerdo, Amy?

—Eh... —dijo Amy, con la mirada perdida lejos de él—. Eh...

«Es una pena», pensó Ian. Estas cosas le pasaban con muchas chicas y el problema limitaba bastante las conversaciones.

—Yo nunca había estado antes en un equipo extra-Kabricular —dijo Natalie sonriendo, pues había dicho algo ingenioso—. Supongo que puedo intentarlo.

Dan observaba detenidamente un costoso pero poco afortunado cuadro de una pareja que Ian conocía muy bien. El hombre tenía el pelo gris y enredado, las cejas muy pobladas y los ojos desorbitados. La mujer mostraba un fuerte semblante, como el de un caballo, por ejemplo. También tenía los dientes muy grandes y enormes orejas. Por encima de ellos flotaban todo tipo de símbolos, siempre grotescos.

—¿Quién es la pareja afortunada? —preguntó Dan.

—Ah... son los siempre glamurosos Gideon y Olivia, los Cahill originales, pintado a principios del siglo dieciséis —respondió Ian—. Son vuestros ancestros.

—Los Kabra hemos mejorado el linaje —añadió Natalie.

—¿Preparados? —Alistair desdobló el pergamino en una mesa y después cogió un libro de uno de los estantes—. Yo ayudaré al equipo de los jóvenes, a Natalie y a Dan. Listos, ¡ya!

Ian pasó un dedo por la línea de libros, algunos de ellos tenían títulos escritos a mano en el lomo: *Historicus Cahilliensis: Ekaterina, Vols. I y II... Interpretación de la arquitectura Ekat... Revisión de literatura de los Cahill del siglo XVIII...* Otros parecían panfletos, notas arrancadas de archivadores de tres anillas. Iba a ser difícil encontrar algo útil allí.

Amy cogió un libro grueso que se titulaba *Orígenes de los Cahill: compendio de estudios contemporáneos.*

—Se supone que estamos buscando una pista, no estudiando historia —dijo Dan bruscamente.

—Pero sabemos tan poco sobre la familia Cahill —respondió Amy.

Natalie levantó la vista de un libro que estaba hojeando.

—No entiendo por qué vuestros padres nunca os dijeron a qué rama pertenecéis. Nosotros ya lo sabíamos todo incluso antes de empezar a caminar.

Ian vio cómo a Amy se le caía el alma a los pies. Sintió un revoloteo en su interior. Compasión, le pareció a él... Una emoción que sentía normalmente por el banquero Kabra cuando el mercado de valores no iba demasiado bien. Esta vez, sin embargo, era algo más... vívido.

La dio una patada a su hermana.

—Natalie, ¿has perdido tu sentido de la... gracia?

Ella lo miró durante un rato, hasta que cogió el chiste.

—«La familia Cahill se remonta a principios del siglo xvi en Dublín, con el brillante y excéntrico Gideon Cahill y su mujer, Olivia» —leyó Amy en voz alta.

Alistair asentía animadamente y su sobrina estaba tan animada que no conseguía articular palabra.

—«Algunos han llegado a decir que los Cahill hicieron un descubrimiento que cambió el curso de la humanidad —continuó leyendo la joven—, pero la naturaleza de su descubrimiento nunca se ha conocido. En 1507 un repentino incendio se extendió por la vivienda familiar. Escaparon todos menos uno de ellos: Gideon, desesperado por salvar el trabajo de toda una vida, fue encontrado sin vida sentado en su escritorio.»

—¿Qué les pasa a los Cahill con el fuego? —susurró Dan. Alistair sintió una punzada en el pecho. Los niños habían soportado tantas calamidades... El incendio que se llevó a sus padres, el que quemó la casa de Grace. Entonces recordó por qué nunca había querido tener hijos.

Luego se sufre demasiado preocupándose por ellos. Ese tipo de sentimiento podría ser peligroso en la búsqueda de las 39 pistas.

—«Según fuentes contemporáneas, hasta el día de su muerte, Gideon había estado estudiando los secretos de la alquimia... cómo transformar metales comunes en oro —leyó Amy—. Buscaba una sustancia conocida como "la piedra filosofal". El problema es que dicha sustancia no existía... todavía. Se pensaba que era la clave para la búsqueda final. Más perfecta que el oro, esta piedra, también conocida como *alkahest*, era tan poderosa que podría incluso convertir otras sustancias en oro.»

—Gracias, profe —respondió Dan, revolviendo frenéticamente una pila de panfletos—. Puedes continuar, pero esta vez, ¡trata de leer para ti!

—¿No lo entendéis? —preguntó Amy levantándose de un salto—. ¡Ya lo tenemos!

—¿Ya tenemos el qué? —dijo su hermano.

Amy agarró a su hermano por los brazos y empezó a dar vueltas alrededor haciéndolo volar como hacían cuando él tenía tres años.

—¡Gideon hizo ese descubrimiento para cambiar el curso de la humanidad! Él reveló el secreto de la piedra filosofal. ¡Hemos averiguado el secreto de las 39 pistas!

—¿Qué? —preguntó Ian—. ¿Quieres decir que ya entiendes el código del pergamino? ¿La pista?

—No... es algo más que la pista —respondió la joven.

Natalie, enfadada, se dejó caer en una silla.

—¿Hemos perdido? Odio trabajar en equipo.

Alistair miró por encima del hombro de Amy, empujando a los Kabra hacia un lado, ya que insistían en taparle la vista. Amy pasó la página y les mostró un diagrama de símbolos de alquimia:

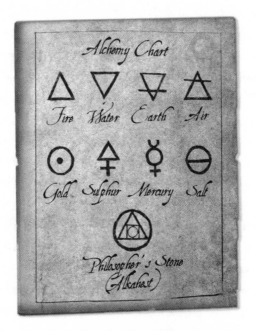

La muchacha sacó una moneda de su bolsillo.

—¡Esa imagen, la de la piedra filosofal, está en esta moneda! —exclamó ella.

—¡Genial! —respondió Dan—. Pero ¿por qué resuelve esto el enigma de las pistas?

—¿No lo entiendes? —repitió Amy—. Esta página nos muestra el secreto de todo esto... ¡En esta página tenemos lo que las 39 pistas esconden!

—Entonces... cuando tengamos todos estos ingredientes... —pensó Dan en voz alta, dibujando una sonrisa en su cara.

—Pues estaremos en posesión de los secretos de la alquimia... ¡la piedra filosofal! —Amy volvió a meterse la moneda en el bolsillo y miró el libro—. Averiguaremos también qué tiene que ver la moneda con todo esto. Pero escuchad... «Después del incendio de 1507, Thomas y Kate se escaparon de Irlanda a Inglaterra, haciendo contrabando de componentes del trabajo de Gideon, que ellos querían continuar. Thomas se casó y tuvo hijos pero empezó a rechazar a su hermana y su misión. Katherina, enfadada, se marchó y se llevó consigo algo tan importante para Thomas que él lo dejó todo para perseguirla. Después de buscarla en París, Venecia y El Cairo, Thomas se rindió. Atraído por el fuerte aspecto de la estatua de un samurái, se asentó en Japón, asumiendo un estilo de vida modesto. Su hijo más joven, Hiyoshimaru, creció y se convirtió en Toyotomi Hideyoshi.»

—¿La Rata Calva era hijo de Thomas... el original Thomas? —preguntó Dan—. Eso es prometedor.

Alistair miró de reojo a los Kabra. Podía leer sus caras aburridas y sarcásticas... Estaban impacientes por seguir buscando, ya que Dan y Amy estaban aprendiendo cosas que los otros equipos ya sabían desde hacía mucho tiempo. Sabía que les estaba costando trabajo esperar a que los Cahill terminaran de obtener información. Después de todo, Dan y Amy habían hecho un buen trabajo descubriendo nuevas pistas que a los otros se les habían escapado.

Y ahora iban por el buen camino.

—¿Qué os parece si nos olvidamos de sacar el cinco, ponemos las fichas en el tablero y empezamos ya a jugar yendo directamente a las cosas que aún no sabemos? —dijo Natalie, bostezando.

—Mueve el culo, Natalie, que hay que seguir buscando —dijo Dan—. ¡Aún nos quedan treinta y siete pistas para descubrir el secreto de la alquimia!

El muchacho dio media vuelta, colocó un libro en una estantería y cogió otro. Un libro viejo y andrajoso que se tambaleaba en el borde de la balda cayó al suelo.

Alistair se agachó para recogerlo.

—¡Tened cuidado, algunos de estos libros tienen un valor inestimable! —advirtió, examinando los caracteres japoneses dibujados a mano en la portada—. Éste, por ejemplo, tiene cinco siglos. Lo encontró un líder militar enemigo. Fue lo único que encontraron en la tienda de Hideyoshi durante un asalto.

—¿Qué dice? —preguntó Dan.

Alistair se ajustó las gafas.

—En la portada pone «Hideyoshi, nueve». Tal vez sea un cuaderno de dibujo o un libro para colorear de cuando él era pequeño.

—Pero... ¿Por qué dice Hideyoshi? —preguntó Amy—. ¿No tenía otro nombre cuando era niño?

Alistair tenía los ojos como platos

—¡Sí! ¡Hiyoshimaru! ¡Muy bien! Si este libro fuera realmente de su infancia, ése sería el nombre que pondría.

Amy le cogió el libro gentilmente. Ella empezó a pasar las páginas y los demás se colocaron a su alrededor. Había paisajes, escenas de batallas, monstruos... Alistair vio cómo el joven Kabra tocaba suavemente el hombro de la muchacha.

—Es-esto... esto es demasiado bueno para un ni-niño de nueve años...

Con las manos temblando, su sobrina abrió una página que mostraba unas extrañas notas con líneas y estrellas que parecían demasiado modernas.

—Hideyoshi... nueve... —dijo Dan—. Eh, ¡ésta es la página número nueve!

De repente y sin decir ni una palabra, Amy cogió el libro y arrancó la página.

Alistair pensó que le iba a dar un infarto.

—¡Amy! —exclamó—. ¡Se trata de una antigüedad!

Amy se sentó rápidamente a la mesa y colocó la hoja sobre el pergamino.

Coincidían a la perfección. La mayor parte de las líneas dibujaban un detallado paisaje rocoso. Pero otras líneas, más pequeñas y apretadas, parecían formar caracteres coreanos.

Entonces Alistair entendió el arrebato de locura de la muchacha.

—Los tres cuernos... —dijo el anciano.

—¿Los qué? —preguntó Dan.

—¡Vaya! —Alistair abrazó fuertemente a su sobrina. La muchacha era realmente extraordinaria—. Gracias a Amy, ahora ya sé dónde está esto y ahí es adonde iremos mañana a primera hora de la mañana.

CAPÍTULO 13

Por algún motivo, el paseo matutino por la carretera bachada que llevaba a Pukhansan no le hizo a Dan ninguna gracia. Especialmente después de haber desayunado huevos revueltos. Pero ahí era adonde se dirigían tras el amanecer.

Al acercarse a la ciudad de Seúl, una montaña de tres picos apareció ante ellos.

—Los tres cuernos... Debería haberme dado cuenta desde el principio —dijo Alistair—. Es Samgaksan, los tres picos. La confusión reside en que también es conocido como Pukhansan.

—Vaya... —dijo Dan, cerrando los ojos, recostándose en su asiento y escondiéndose en la enorme sudadera con capucha de Harvard que Alistair le había prestado.

Amy miraba por la ventanilla del coche. El día era sombrío y gris y la montaña parecía totalmente vertical. Llevaban la comida en su mochila, pero obviamente, aquello iba a ser algo más que una simple excursión al campo.

—¿Tenemos que subir todo eso? —preguntó Nella—. Llevo mis zapatillas de marca...

—Las montañas tienen un perfil escarpado —dijo Natalie, limpiando una mota de polvo que se había posado en sus zapatillas Prada con joyas incrustadas y que Harold acababa de limpiar—, así que nosotros también tendremos que tenerlo.

—Sólo hay un kilómetro de altura, pero no creo que necesitemos subir —respondió Alistair, señalando el pergamino y la hoja—. Este dibujo muestra una sólida y serpenteante línea que lo divide, yo deduzco que se trata del famoso muro de la fortaleza. Atraviesa varios valles y áreas al nivel del mar.

—¿Qué es esto? —preguntó Dan, señalando un garabato.

—Eh... una M —respondió Nella—. O si la miras del revés entonces es una W. De lado, es algo parecido a una S.

—Tal vez sean palmeras —opinó Dan—. Como en la película *El mundo está loco, loco, loco*. La conocéis ¿no? Los protagonistas tienen que encontrar un dinero que está escondido y la única pista que tienen es que su botín se encuentra bajo una gran W. Entonces, nadie sabe qué quiere decir eso... hasta que casi al final de la película se encuentran con un bosquecillo de cuatro palmeras que se elevan con la forma de... ¡ya sabéis! ¡Es un clásico!

Amy, Alistair, Natalie, Ian y Nella lo miraban estupefactos.

—La letra W no existe en coreano —respondió Alistair—, y tampoco tenemos palmeras. Podrían ser arces...

—Miau —dijo *Saladin*, frotando su cabeza contra la rodilla de Dan.

—Después te cuento el resto de la peli —susurró Dan en el oído del mau egipcio.

El chófer de Alistair los dejó en el aparcamiento del parque nacional Pukhansan. Una multitud de turistas rodeaba un mapa gigante donde estaban dibujados los caminos. Alistair comparó detenidamente el diseño de su pergamino con el del plano. Trazó una oscura y serpenteante línea con su dedo, deteniéndose en varias marcas negras.

—Supongo que éstos son antiguos templos. Tendremos que asumir que esta enorme X es nuestro tesoro escondido...

—Se encuentra entre dos templos —puntualizó Natalie—. Pero ¿cuáles?

El anciano se encogió de hombros exageradamente.

—Hay muchos. Y hay mucho espacio entre ellos. Esto podría llevarnos varios días.

—¡Pongámonos en marcha entonces! —sugirió Dan.

—Alguien tiene que quedarse aquí con *Saladin* y el señor Chung —anunció Nella, mirando la montaña con aires de duda—. A mí no me importa hacerlo. Ya me quedo yo.

Los demás tomaron un sendero que parecía bastante frecuentado.

—Hideyoshi conquistó la mayor parte de lo que es ahora Corea del Sur —explicó Alistair—, incluso Seúl, que entonces se llamaba Hanseong. Pero los soldados se resistieron y construyeron esta fortaleza para repeler la invasión.

—¿Por qué habrá enterrado sus tesoros aquí? —preguntó Amy.

El anciano parecía no estar muy seguro de la respuesta a esa pregunta.

—Tal vez para aprovechar la protección de los muros. Debió de asumir que estas tierras seguirían perteneciendo a Japón.

—No es bueno confiarse demasiado —opinó Ian.

—¿Qué sabrás tú de eso...? —añadió Dan.

A medida que el sendero iba abriéndose camino montaña arriba, el número de caminantes se iba reduciendo. Cada vez que se encontraban con un templo, Alistair examinaba el diseño y movía la cabeza decepcionado.

Tenía la espalda cubierta de sudor y jadeaba con dificultad cuando se sentó en el borde de una roca y dijo:

—Hora de comer. —Entregó el pergamino a Amy—. Muchacha, ¿me harías el favor de guardar esto en tu mochila?

—¿Comida? ¡Pero si acabamos de empezar! —exclamó Dan, que correteaba por encima del muro mientras el viento se le colaba dentro de los pantalones y los hinchaba como si fuesen un globo.

Natalie se sentó entusiasmada al lado de Alistair.

—Por casualidad no habrás traído una *focaccia* integral con *prosciutto, mozzarella* de búfala y tomates secados al sol a la salsa de *pesto,* ¿verdad?

—¿Mantequilla de cacahuete y plátano con pan normal? —ofreció Dan.

Alistair observaba detenidamente a su alrededor.

—Es posible que ya hayamos pasado por el lugar. Tal vez éste no sea el muro original y lo hayan restaurado o algo durante todos estos siglos. Quizá ya no tenga este aspecto.

Amy cerró su mochila y sintió que algo le golpeaba en la cabeza: un terrón de musgo que rebotó y cayó al lado de sus pies.

—¡Eh!

Ian se reía mientras se sacudía las manos de la tierra.

Se reía. Y, además, la miraba fijamente. Sus ojos burlones la dejaron inmóvil. Como si estuviera planeando un comentario mordaz típicamente Kabra delante de todo el mundo.

Hizo un esfuerzo por no derramar ni una lágrima ni salir corriendo a esconderse.

—¡Devuélveselo! —exclamó Dan—. ¡Y tíralo con fuerza!

Ian rodeó la boca con las manos y gritó:

—Amy, te propongo un reto: una carrera hasta lo alto de la próxima roca grande. Te daré ventaja... ¿o es que también eres lentita?

—¡No es lentita! —respondió Dan—. Bueno, en realidad... sí lo es.

Amy se levantó. Una cosa era ser humillada por un Kabra, pero que la humillase el mocoso de su hermano era distinto.

Localizó la enorme roca. La situación era de locos. Él la estaba provocando, tratando de avergonzarla aún más. A menos que...

Allí estaba. Otro camino entre los arbustos. Más directo.

Empezó a correr.

—¡Amy, deja la mochila! —gritó Dan—. ¡Y recuerda ponerle mi nombre a tu primer hijo!

Ella lo ignoró. El dolor del tobillo la estaba matando, pero no iba a dejar que Ian le ganase. Él ya había empezado a correr. Atravesó el muro a trompicones y saltó al otro lado. Zigzagueó por una área boscosa riéndose a carcajadas y acercándose a ella. Amy se sacó la mochila de un tirón y la tiró por el aire, golpeando con ella el brazo de Ian.

—¡Oh! —exclamó él—. ¡Esa camiseta de Armani es como hecha a medida!

La bolsa cayó al suelo abriéndose y desperdigando los papeles de Alistair por el suelo, tanto la página como el pergamino.

—¡El que lo encuentra se lo queda! —gritó Ian, recogiendo los papeles y saltando sobre una roca.

—¡Tramposo! —Amy estaba furiosa. De ninguna manera iba a permitir que se saliese con la suya. Subió a la roca, pisando los pasos del muchacho uno a uno hasta que llegó a lo alto. Entonces él, tratando de recuperar el aliento, se volvió hacia ella.

—No ha estado mal para un Cahill —dijo él, sonriendo.

—T-t-t-tú... —Las palabras no querían salir de su garganta,

como solía pasarle. Él la miraba fijamente con ojos sonrientes, haciéndole sentir tanta ira y odio que la muchacha llegó a pensar que iba a explotar—. N-n-no puedes...

Pero justo en ese momento, sucedió algo sumamente extraño. Tal vez fuese por cómo movía la cabeza, o quizá por un ademán, ella no lo sabía, pero era como si de repente alguien hubiese sujetado el cuadro de forma distinta y lo que antes parecía un mar embravecido, ahora se había transformado en un luminoso ramo de flores. Era un efecto visual que probaba que todo dependía de la perspectiva. Sus ojos no se reían de ella, sino que la estaban invitando, le pedían que se uniera a él y se riesen juntos. De repente, su rabia se hinchó y se escapó haciendo espirales, como una nube.

—Tú... también eres un Cahill —respondió ella.

—*Touché.*

Sus ojos no dejaron de mirar detenidamente a los de ella.

Esta vez ella le correspondió. Sin vacilación. En esta ocasión, no sentía la necesidad de disculparse, de atacarle o incluso de escaparse. No le habría importado que la mirase de aquella forma durante todo el día.

—¡Eh, Amy! Déjate de tonterías y vamos a comer, ¡que nos estamos muriendo de hambre! —gritó Dan—. ¡Además, Alistair quiere su mapa!

Amy sintió que se ponía colorada y miró hacia otro lado.

—Aquí tienes —dijo Ian, entregándole los papeles.

La hoja que habían arrancado del cuaderno, que estaba unida a la otra con un clip, estaba ahora torcida, a punto de desprenderse. Amy, nerviosa, volvió a colocar el papel cuidadosamente para que las líneas del dibujo coincidiesen con las del mapa, tal y como estaba antes: línea sobre línea, marca sobre marca.

Levantó la mirada para ver el paisaje e inmediatamente después volvió a mirar el papel.

—Oh, es increíble —murmuró ella.

—¿Qué? —respondió Ian.

Volvió a comprobarlo una y otra vez para asegurarse, pero no había ningún error: la marca que habían visto antes en el mapa, aquella sobre la que habían estado opinando, no representaba ninguna palmera. Ni tampoco ningún arce.

—¡Dan! —gritó la muchacha, saltando de la roca como si su pie se hubiese curado milagrosamente—. ¡Todos! ¡Venid aquí rápido!

La joven corrió hacia los demás, que a su vez corrían hacia ella. Cuando se encontraron, Amy cogió a su hermano de la mano y lo llevó hasta la empinada roca.

—Te quiero, Dan, eres un genio —dijo ella.

Dan la miró asombrado.

—¿Ian te ha drogado o algo?

—Mira —dijo ella, con la mano extendida hacia el panorama—. ¿Qué ves?

—Árboles, rocas, caca de ciervo... —respondió el muchacho encogiéndose de hombros.

—No, mira el perfil de las rocas. ¿A qué se parece? —insistió su hermana.

—Pues... parece que haga zigzag —respondió Ian.

La cara de Dan cambió de repente, como si le hubiesen tirado un jarro de agua fría encima.

—¡Es una W! —gritó él—. ¡Amy, has encontrado nuestra W!

Alistair sonrió.

—Excelente. La X marca el lugar exacto del mapa... y el lugar exacto son unas formaciones rocosas con forma de W.

Amy cogió los papeles y se apresuró hacia la cresta de las rocas. Cuando llegó al borde del afloramiento, empezó a arrancar la maleza y las malas hierbas que crecían alrededor.

—Separémonos —sugirió Ian—. Empezad a buscar una cueva, una entrada escondida.

Los demás se afanaron a arrancar las enredaderas y retirar el musgo para poder examinar mejor la roca.

—¡Mirad! —exclamó Natalie.

Amy corrió hacia ella. La joven Kabra había arrancado un enorme arbusto que estaba pegado a un lado de la roca, dejando así al descubierto la escultura de un hombre. Su delgada cara era similar a la de un simio, tenía una mirada penetrante y una boca que parecía una grieta.

—Eh... —balbuceó la muchacha.

—La Rata Calva —anunció Alistair asombrado, examinando la imagen de arriba abajo—. Es una imagen de Hideyoshi realizada al estilo japonés de la época.

—Estupendo —opinó Ian, que se rascaba la barbilla con un aire pensativo.

—¿Cómo entramos? —preguntó Dan, con los ojos aún clavados en el mapa—. ¿Os habéis dado cuenta de que esta enorme y antigua W está hecha de roca sólida? Tiene que haber algunas instrucciones por aquí...

Amy y los demás se colocaron alrededor de Dan, que señalaba algo al final de la página.

—Estas letras que hay aquí, Toota, ¿qué significan?

—El padre de Hideyoshi era Thomas Cahill, quizá le hubiese enseñado a hablar inglés —explicó Alistair.

—¡Es Toyota! —exclamó Amy—. Está escrito exactamente igual, sólo falta la letra «Y».

—Genial, Amy —dijo Dan—. Según tú, nuestra pista está enterrada en un monovolumen.

—Creo que lo que tu hermana sugiere es que es posible que el pergamino esté falsificado.

—Gracias, señor y señora Kabra —respondió Dan, examinando el mapa detenidamente—. Pero no es ninguna falsificación. Nada de eso.

Con mucho cuidado, colocó el mapa en el suelo y sacó de su bolsillo una navaja del ejército suizo. Moviéndose rápidamente, empezó a rasgar el pergamino cortándolo en varias partes.

—¡Dan! —gritó Alistair.

Amy sintió que se le detenía el corazón.

—¿Qué estás haciendo? —preguntó ella.

El joven Cahill tenía unas tijeras de bolsillo en sus manos ahora. En pocos segundos recortó todas las letras con precisión. Sujetando los frágiles y delgados símbolos, los colocó ordenadamente: la letra A dentro de la O grande; las T las puso boca abajo, una al lado de la otra y, finalmente, la O pequeña la colocó en el centro:

—Es el símbolo de la piedra filosofal —dijo Amy, asombrada.

Dan asintió.

—Y a través de la unión de los elementos, se garantiza la entrada... Pues lo que acabo de hacer es unir los elementos.

El muchacho miró fijamente a Amy y ella supo exactamente qué estaba pensando él. Metió la mano en su bolsillo y sacó la moneda que Ian le había dado. Ese mismo símbolo se encontraba en una de las caras de la pieza metálica.

—Vamos a darle a esa rata algo que comer —dijo ella.

Cuidadosamente, introdujo la moneda en la rendija de la boca de Hideyoshi.

La tierra empezó a temblar.

CAPÍTULO 14

Craaaaaack...

A Ian se le doblaron las rodillas. El afloramiento rocoso agitó el suelo y arrojó un polvo grisáceo que se extendió rápidamente por toda la zona.

Protegiéndose los ojos, pudo ver a Amy de pie delante de la figura, que ahora se movía hacia ella. Amy, perpleja, permanecía inmóvil en su sitio, con la mochila en el suelo, entre los pies.

—¡Sal de ahí! —gritó él.

Ian tiró de Amy con tanta fuerza que los dos salieron disparados y cayeron al suelo, él encima de ella. Sobre su espalda empezaron a llover piedrecillas que le mancharon el pelo y que rebotaban haciendo un ruido semejante al de un gran aplauso.

En segundo lugar pensó en su camiseta, que debía de estar totalmente arruinada. Entonces se asombró a sí mismo: lo primero en lo que había pensado no era en su ropa, ni en la moneda, ni siquiera en sí mismo.

Había pensado en ella.

Pero eso no era parte del plan. Si ella estaba en el plan era por una razón. Por su técnica, por sus tácticas, por su...

—Encanto —dijo él.

Ella lo miraba petrificada. Sus pestañas, llenas de polvo, se abrían y cerraban mientras lo observaba. Ian le cogió la mano, que ella tenía cerrada en un puño.

—No tienes por qué ser así —susurró ella.

—¿Cómo?

—Sarcástico. Diciendo cosas como «encanto». Me has salvado la vida. Gracias.

—Es mi deber —respondió él, que giró la cabeza hacia ella y, muy suavemente, rozó sus labios contra los de ella.

El aire se iba aclarando poco a poco y el ruido ya había cesado. Ian se puso de pie y soltó la mano de Amy. La estatua estaba colocada en diagonal con la roca, a pocos centímetros de ésta y, en el lugar que antes ocupaba la figura, ahora había una abertura rectangular.

Un olor agrio y pútrido les llegó procedente del interior.

Alistair fue el primero en ponerse de pie, mientras sacudía cuidadosamente sus recién planchados pantalones de senderismo.

—El escondite de Hideyoshi... —dijo asombrado.

Dan y Natalie estaban justo detrás de él, tosiendo y sacudiéndose el polvo. Dan entró en la cueva y volvió a salir inmediatamente.

—Puaj, alguien se ha olvidado de tirar de la cadena.

Alistair había encontrado la mochila de Amy y había sacado de su interior dos linternas a pilas plegables.

Ian ayudó a Amy a levantarse.

—¿Tienes la moneda? —preguntó el joven gentilmente—. Tal vez la necesitemos luego, para cerrar la entrada.

—Bol... bolsillo —dijo ella dando dos golpecitos en su bolsillo—. La puse ahí cuando eso empezó a abrirse...

Alistair le entregó una linterna.

—Amy, tú y yo iremos delante.

Cuando la joven entró en la cueva aún le temblaban las piernas. Natalie miró a Ian y éste le guiñó un ojo; después, se adentraron en la cueva.

Oh, mujer de poca fe.

«Concéntrate.»

Amy sólo podía sentir sus labios.

La luz azulada de su linterna fluorescente bailaba por los peñascos de la abovedada caverna y el olor a amoníaco de los excrementos de animales invadía sus orificios nasales. Estaban en una cueva que probablemente llevaba millones de años sin ser vista por ningún humano y sus pies iban pisando un suelo cubierto de algo que ella prefería no mirar. Pero lo único que podía sentir era el cosquilleo de sus labios.

Todo estaba sucediendo al mismo tiempo. La moneda, el escondite, el...

¿El qué? ¿Qué era exactamente lo que acababa de pasar?

Ian caminaba en silencio detrás de ella. Se suponía que debía odiarlo. De hecho, lo había odiado. Pero en realidad, ya no recordaba por qué. A pesar del entorno en el que se encontraba, se sentía despierta, viva e increíblemente feliz.

—Gracias —susurró ella.

—¿Por qué? —preguntó el joven.

—Por haberme entregado esa moneda en aquel callejón de Tokio —respondió ella—. Si no lo hubieras hecho, es posible que nada de esto hubiera sucedido.

Ian asintió.

—Era una de las posesiones más preciadas de la familia Kabra. Había rumores de que se trataba de una pista Tomas, pero mis padres opinaban lo contrario, así que tuve que llevármela sin permiso —explicó él, encogiéndose de hombros—. Ya verás la reacción de mi padre cuando se entere.

Amy sacó la moneda de su bolsillo y se la entregó a Ian.

—No puedo... —dijo Ian—. Te hice una promesa.

—Ahora ya no nos hace falta —insistió ella.

—Gracias. —Ian cogió la pieza y la guardó. Sus ojos miraban fijamente hacia arriba—. Amy, ¿ves algo moviéndose ahí arriba?

Amy movió la linterna hacia arriba y enfocó una sombra que revoloteaba y bailaba y que, de repente, desapareció soltando un grito.

—¡Agachaos! —gritó Dan al ver una nube de murciélagos que volaba en dirección a ellos. Los animales gritaban y se sacudían, despeinando el pelo de la asustada Amy con las puntas de sus alas. Después, tal como el humo sale por la chimenea, los bichos salieron volando por el estrecho hueco de la entrada.

—¿Estás bien? —preguntó Ian.

Amy asintió.

—Odio los murciélagos —dijo ella, mientras sentada, iluminaba las paredes de la cueva con su linterna, permitiendo que la luz revelase también su cara. Había suficiente luz para distinguir sus rasgos.

Fue entonces cuando Dan gritó de nuevo.

—¡Amy, ilumina esto que hay aquí!

Era lo más increíble que había visto nunca. Mejor aún que el acceso gratuito de por vida a videojuegos que casi gana en la rifa del colegio.

Alistair y Amy corrían hacia él, iluminando una pila de objetos que iba desde el suelo al techo. En lo alto, donde estaban antes los murciélagos, colgaba un conjunto de estalactitas que rodeaba aquel montón de objetos y lo mantenía en su sitio, como si fuera una cerca de madera puesta del revés.

Lo que tenían ante sí era un montón de espadas, colocadas unas encima de otras formando una torre y dispuestas ordenadamente dibujando unas cruces. Las empuñaduras llamaban la atención: unas eran elaboradas, con joyería incrustada; otras estaban gastadas y tenían abolladuras. Parecían manos que sobresalían del montón, retándote para que tirases de ellas, lo que probablemente afectaría a la torre de espadas, que se vendría abajo como un castillo de naipes del que se saca una carta.

—La Caza de Espadas de 1588 —murmuró Alistair—. Aquí es donde las guardaban.

Pero Dan siguió más allá de las espadas, hacia la izquierda. La caverna parecía expandirse por esa zona, que era más amplia y profunda y por todas partes había montones de objetos que parecían no acabarse nunca. Le pareció que algunos de aquellos objetos habían sido tirados allí: coronas y cascos, armaduras, lanzas, escudos, sillas de montar y estribos. Togas con joyería incrustada brillaban con el reflejo de la luz; las estatuas seguían de pie, cubiertas de polvo; y algunos pergaminos fuertemente atados se acumulaban en contenedores similares a cajas. Pero había una área algo separada de todo lo demás: un santuario rodeaba un extraño espejo triangular que colgaba de la pared con un marco cuidadosamente tallado.

Alrededor del espejo, grandes arcones se acumulaban formando ordenadas pilas. Estaban engalanados con joyas y caligrafía, y cada uno de ellos disponía de un enorme candado.

Dan sujetó uno de los cierres y éste se deshizo en sus manos, consumido por el óxido. Cuando abrió la tapa, todos asomaron la cabeza con él.

—Como se suele decir en estos casos: ¡alegría!

—Creo que lo que se dice es «¡sorpresa!» —corrigió Alistair—. ¡Vaya! Éstos deben de ser los botines de Hideyoshi, lo que su ejército iba requisando de camino a Corea.

Dan introdujo la mano y la hundió en un montón de monedas de oro. A su lado, Amy abrió otro de los baúles.

—Platos, palillos para comer, vasos, cuencos, fuentes... ¡Todo de oro macizo!

—¡Budas! —exclamó Ian, examinando un tercer cajón—. Una colección de miniaturas de Buda de oro.

—Hideyoshi adoraba el oro —añadió Alistair en voz baja—. Según la leyenda, bebía gotas de oro cada noche por sus supuestas propiedades mágicas...

—Somos ricos —dijo Ian—. Otra vez.

Dan sonrió.

«Y a través de la unión de los elementos, se garantiza la entrada a lo más grande que se ha de revelar.»

—Somos más que ricos —dijo él, dejando escapar un grito de asombro—. ¡Acabamos de descubrir la siguiente pista Cahill!

CAPÍTULO 15

A Alistair no le importaba hacerse viejo, pero sí le importaba que su sobrino de once años fuera más astuto que él.

Oro.

Estaba claro que el muchacho tenía razón. El oro era el «elemento más puro y perfecto» de la alquimia. Su símbolo, la unión de todos los elementos, había sido la llave de entrada. No había duda de que todo eso era fruto de la mente de Hideyoshi. ¡Como era hijo de Thomas Cahill, lo más probable era que hubiese estudiado alquimia!

Alistair se insultó a sí mismo por dentro. Debería haberse dado cuenta desde el principio. Podrían haberse ahorrado todo aquel trabajo y la necesidad de ponerse en peligro. Había arriesgado la vida de sus sobrinos cuando podría haberlo evitado.

Quizá estuviesen predestinados a vivir esas experiencias.

Tal vez fuese su destino descubrir una pista que ya conocía.

Trató de sonreír. Para los niños Cahill, todo era una novedad. Ellos no habían pasado su vida investigando como lo había hecho él. Ahora bailaban con los Kabra, seguían los pasos de un baile que ellos llaman hip-hop. Él intentó unirse a ellos, pero aquellos movimientos le provocaban dolor en las caderas.

Fijó los ojos en el joven Kabra. Seguro que ellos también conocían esta pista. Los Lucian habían dedicado tanto tiempo como los Ekat a coleccionar pistas. Sería que ellos eran mejores actores que él.

—¡Bien hecho! —gritó Ian, subiendo a Amy sobre sus hombros—. ¡Sabía que la cooperación entre ramas llegaría a buen puerto!

Cuando bajó a la muchacha, movió su cara permitiendo que rozase suavemente con la de ella.

A Alistair se le heló la sangre. La alianza con los Kabra había dado buen resultado. Sin la moneda de Ian, no habrían podido encontrar aquella caverna. Aunque éste no era el tipo de unión que él se habría imaginado.

—Sugiero que nos vayamos —propuso Alistair—. Tal vez podamos discutir qué hacer ahora durante la comida.

—No tan rápido —respondió Ian, mientras caminaba hacia el espejo—. Corregidme si me equivoco, pero he observado que siempre que encontramos una pista, encontramos también un indicio para empezar a investigar sobre la próxima.

—Así es, chico europeo —respondió Dan—, pero no busques en tu cerebro... No creo que la próxima pista sea serrín.

Ian examinaba detenidamente el espejo.

—¿Qué crees que significan estas letras?

Alistair se unió a él e iluminó con su linterna el marco triangular del cristal. En los lados izquierdo y derecho había una hilera de extraños símbolos.

—A mí me parecen letras griegas —respondió Natalie.

—¡Vaya! ¡Conozco esas letras! —exclamó Dan—. Son las mismas inscripciones que tenían las espadas que encontramos en Venecia. Tío Alistair, ¿recuerdas cuando estuvimos viendo aquellos tatuajes? Entonces te dije que faltaban algunas letras, ¡son éstas!

—No creo que estas letras formen parte del alfabeto de ninguna lengua —respondió el anciano, pensando detenidamente en cada uno de los trece idiomas que conocía—. Quizá sea algún tipo de mensaje secreto.

Natalie comenzó a arreglarse el pelo en el espejo con un cepillo de mango de oro.

—Espejo, espejito mágico, ¿quién es la más rica, inteligente, guapa y...?

—¡Así es, Natalie! —dijo Dan.

La joven se sonrojó.

—Gracias. A veces hasta me sorprendo a mí misma...

—¡No! Palabras en el espejo... ¡El espejo está escribiendo! —Dan sacó un lápiz y su ejemplar de *Comedias clásicas de todos los tiempos*, arrancó la hoja en blanco del final del libro y, utilizando éste como apoyo, empezó a copiar las letras en la página. Después las colocó frente al espejo.

Seguía sin tener sentido.

Amy torció la cabeza.

—Las letras son simétricas —observó ella—. La parte de arriba de cada una de ellas es un reflejo especular de la parte de abajo. Es posible que cada letra sea media letra de espejo, así que si viésemos esa media letra sola, sabríamos cuál es cuál, ¿no?

—Es lo más estúpido y absurdo que he oído en mi vida —respondió Dan.

Amy cogió el papel y empezó a borrar una mitad de cada letra:

anstkael

Después, poco a poco, comenzó a reescribir cada una de ellas:

ahstkael

—Ahstkael... —leyó la muchacha en voz alta—. ¿No es eso una cadena de restaurantes de comida saludable en Suecia?

—¿Así que nuestra próxima pista está en Suecia? —preguntó Natalie entusiasmada—. Necesito un abrigo de piel nuevo.

Dan se golpeó la barbilla.

—A ver, estas letras son las de nuestro alfabeto. ¿No deberíamos tratar de descubrir caracteres japoneses? ¿O incluso coreanos?

—Hideyoshi era hijo de Thomas Cahill —puntualizó Alistair—. Así que es lógico que en casa se hablase inglés. Hideyoshi debía de hablarlo con fluidez y como Oriente todavía no se relacionaba con Occidente como ahora, las letras de este alfabeto habrían supuesto un código indescifrable.

Dan garabateaba furiosamente de nuevo. Escribía y reordenaba las letras rápidamente, en todas las combinaciones posibles.

ALT SHAKE
THE SKALA
SHEA TALK
LAST HAKE
LAKE TASH

—¡*Lake Tash*! ¿Es eso? —gritó Natalie.

Dan asintió.

—Lake Tash... —dijo él en un hilo de voz—. Eso está en Kirguistán.

—¿Nuestra próxima pista está en Kirguistán?

—Estupendo —dijo Ian sonriendo—. Bueno, ha sido agradable trabajar con vosotros. Pero esta vez, me temo que os llevaremos una gran ventaja.

—Pero... pero... —tartamudeó Amy.

Alistair vio cómo se desvanecía la expresión de la cara de su sobrina. Ella hubiera votado por mantener la alianza... lo que sería un desastre.

—Yo me encargo de que nos recojan inmediatamente para regresar a Seúl —anunció el anciano rápidamente, sacando un teléfono de su bolsillo—. Llegaremos...

—Oh, no creo que tengas cobertura desde aquí —añadió Ian, caminando hacia la entrada con su hermana detrás.

En la entrada de la cueva, con las manos en los bolsillos y una gran sonrisa, Natalie añadió:

—De hecho, yo no esperaría demasiadas visitas durante los próximos... ¿quinientos años?

De su bolsillo derecho sacó una cerbatana y apuntó hacia ellos.

Con dificultad, Alistair caminó hasta colocarse delante de sus sobrinos, pero Amy lo empujó a un lado.

—¿Natalie...? —preguntó ella.

—Chicos, esto no tiene gracia —protestó Dan, que empezó a caminar hacia ellos, pero Natalie apuntó el arma hacia su cara.

—¡Dan! —exclamó Amy, tirando de él hacia atrás.

Ian miró a Amy. Durante un momento, la joven creyó ver en su cara un... un algo. ¿Duda? ¿Un gesto indicándole que todo era una gran broma pesada? Pero esa mirada desapareció de sus ojos tan rápido como había aparecido. El muchacho miró hacia abajo y sacó la moneda de la piedra filosofal que tenía guardada.

—Por cierto, gracias por esto.

—¿Cómo ha conseguido eso? —preguntó Dan, mirando a su hermana.

—Yo... —Amy no consiguió articular palabra—. Él...

—Una reliquia familiar —dijo Ian, dirigiéndose hacia la entrada e insertando la moneda de nuevo en la boca de la Rata Calva—. No os preocupéis. Cuando hayamos superado el reto de los Cahill, cuando amasemos un poder que será nuestro por derecho propio, sólo entonces, tal vez vengamos a haceros una visita. Bueno, si aún estáis en condiciones de recibirnos. Mientras tanto, mis queridos amigos, os recomiendo que hagáis buen uso de las baterías. Ah, y del oxígeno.

La caverna empezó a temblar y la puerta se cerró lentamente.

Lo último que Alistair vio antes de que la entrada quedase totalmente bloqueada fue la boca del arma de Natalie Kabra.

CAPÍTULO 16

Idiota.

Imbécil.

Torpe.

Amy miraba a la puerta, a la ausencia de luz en el lugar donde Ian Kabra había estado antes.

Todo había sido una gran mentira. La había engañado y manejado como a una marioneta. Pero ¿cómo había sucedido? ¿Cómo podría alguien hacer algo así?

Las lágrimas resbalaban por sus mejillas y goteaban en el suelo con un suave murmullo similar al aleteo de una mariposa.

Detrás de ella, Alistair y Dan la ignoraban, discutían qué estrategias podrían poner en marcha para escapar y qué medidas debían tomar para no morirse.

«Es demasiado tarde», pensó Amy. Ella ya sabía qué se sentía.

Poco a poco, las voces se filtraron en su cerebro.

—Voy a buscar otra salida —decía el anciano—. Amy, tú y Dan examinad las paredes, tal vez haya algún punto más débil. Si los murciélagos viven aquí, entonces debe de haber alguna fuente de aire, algún agujero o algo.

Amy asintió aturdida.

Cuando dejaron de oírse los pasos de Alistair, Dan se agachó al lado de su hermana y le dijo:

—Oye, yo también quiero estrangularlo.

—Es culpa mía —respondió ella—. Yo le he creído y he caído totalmente en su trampa...

Dan la ayudó a levantarse e iluminó las paredes a su alrededor, examinando cada centímetro. La cueva era oscura como boca de lobo y, tras pocos minutos, Amy empezó a sentir que se estaba quedando ya sin aire.

La voz de Alistair hizo eco hasta ellos desde la distancia.

—No hay más salidas, acabo de mirar de arriba abajo en toda la W. Es mucho más grande de lo que me esperaba. Estamos atrapados.

«Una tumba —pensó Amy—. Nos ha enterrado vivos.»

Sintió una mano posándose en su hombro.

—Lo siento mucho, querida sobrina —dijo el anciano gentilmente—. Si me hubiese dado cuenta de que te estabas enamorando de él, habría hecho algo. Se me escapó totalmente y no debería haber sido así.

La muchacha suspiró.

—¿Cómo he podido dejar que me tomase el pelo de esa manera? ¿Cómo se me ha ocurrido pensar que alguien podría llegar a sentir...?

Las palabras se quedaron atascadas en su seca garganta.

—Yo sé que esto no solucionará nada —añadió Alistair—, pero debes creerme cuando te digo que sé muy bien qué siente uno cuando lo traicionan.

Amy levantó la mirada y la dirigió al apenas perceptible rostro de su tío.

—¿En serio?

El anciano se dispuso a decir algo, pero después cambió de opinión.

—Piensa sólo en esto, Amy: tus padres te querían. Se podía ver en sus ojos, incluso cuando tú no estabas presente. Tienes que pensar en ellos, y ellos estarán ahí para ti.

—¿Tú... los conocías? —preguntó Amy.

—¡Puaj! ¡Qué asco! —gritó Dan desde otro lado de la cueva—. ¡Creo que acabo de pisar un murciélago! Chicos, ¿podéis seguir con vuestra conversación más tarde, si es que salimos de ésta y no nos convertimos en un banquete para estos bichos?

Alistair corrió hacia él, dejando a Amy con la boca llena de preguntas.

—Dan, no te rindas jamás —dijo el anciano tratando de animarlo—. Un problema es simplemente una solución que espera ser encontrada. Vamos a salir de aquí. Es más, estoy seguro de que llegaremos a Lake Tash antes que los Kabra.

—Lo dudo, porque nosotros no vamos a ir allí —respondió el muchacho—. Me lo inventé todo.

Alistair lo miraba fijamente.

—Pero... el anagrama... —añadió su hermana.

Dan suspiró e iluminó con la linterna la hoja en la que había garabateado las palabras.

—Yo vi la respuesta correcta desde el principio, porque es bastante obvia, pero como no me fiaba de ellos, decidí tenderles una trampa.

Empezó a garabatear otra palabra en la hoja, pero Amy estaba mirando más allá los extraños reflejos de la luz de la linterna en el espejo.

—¡Un momento! —exclamó ella—. El espejo... ¿no os parece raro que sea triangular?

—Seguro que a un diseñador de espejos no se lo parece —respondió Dan.

—¡O a un alquimista! —añadió Amy—. Piensa, Dan, la alquimia está llena de símbolos: los planetas, los elementos, ¡cada cosa tiene una forma misteriosa asociada!

—¿Y qué era el triángulo? —preguntó Dan.

Amy trató de recordar.

—¿Aire? ¿Oro?

—Espera... Creo que ya me acuerdo... —dijo el muchacho—. ¿Agua? Eso es. O no... A ver... con la punta para abajo, representa al agua, pero con la punta para arriba, ¡es el fuego!

Dan apuntó la linterna en dirección al espejo, levantándola por encima de su cabeza.

Justo encima del espejo, más allá de su alcance, Amy distinguió varios objetos grasientos y fibrosos. Se le revolvió el estómago, parecían colas de rata.

—¿Están... vivas?

De repente, Dan bajó la mirada al suelo, se puso de cuclillas y tocó algo con los dedos.

—Carbón —anunció él—, debe de haber caído de ahí arriba.

Alistair miró hacia el techo.

—¿Qué hay ahí?

Luchando contra sus náuseas, Amy se obligó a sí misma a mirar hacia aquel lugar. Para su alivio, las colas colgantes eran demasiado largas como para ser lo que ella creía que eran. Parecían ser simples cuerdas, que se colaban por una enorme grieta de la roca. Entonces se dio cuenta de qué era ese particular olor.

—Ah... claro... —dijo ella—. Chicos, ¿a qué os huele en este momento?

—A caca de murciélago —respondió Dan.

—A huevos podridos —opinó Alistair.

—Y ese olor a huevos podridos... —añadió Amy—. ¿Qué lo origina?

—¿Las gallinas? —preguntó su hermano.

—El azufre —corrigió la muchacha.

Dan sonrió.

—Es cierto... ¡Lo aprendí este año en clase de química! Cuando estábamos en el laboratorio, le metí un tubo de ensayo con el tapón aflojado a Mandy Ripkin en la bolsa de la comida. Así que cuando la abrió...

—Carbón... azufre —dijo Amy, estrujándose el cerebro para recordar algo que había oído en clase de ciencias—. Hay otro ingrediente que se pueda unir a estos dos para hacer...

—¿Una barbacoa apestosa? —preguntó Dan.

De repente se dio cuenta.

—¡Barbacoas no, bobo! —dijo ella, mirando el conjunto de cuerdas—. ¡Pólvora!

—Ah... ¿crees que hay pólvora ahí arriba? —quiso saber su hermano.

—De hecho, la pólvora ya existía en el siglo dieciséis —informó Alistair—. Fue descubierta en China siglos antes y no se extendió por Occidente hasta más tarde.

—Dan, yo creo que tiene que haber una razón para que esas cuerdas estén ahí —respondió Amy—. ¡Son mechas!

—¡Eso es, muchacha! ¡Eres un genio! —exclamó Alistair—. Así que el espejo tiene dos funciones: apunta hacia arriba dirigiendo nuestra mirada y además es el símbolo del fuego. Típico de Hideyoshi... El astuto guerrero ideó una salida de protección en caso de sabotaje.

—Dan, ¿todavía tienes las cerillas del hotel Muchas Gracias? —preguntó la joven.

—No seas tonta, ¿no ves que si estallamos eso la cueva se nos vendrá encima? —respondió su hermano—. Podríamos morir.

—Es pólvora, no dinamita —puntualizó Alistair—. Además, recuerda que estamos rodeados de un montón de esquisto.

—¿Un montón de qué?

—El esquisto de granito es extraordinariamente denso —explicó Alistair—. Para hacer estallar este tipo de roca en estos tiempos hace falta un explosivo bastante más potente que la pólvora. Una explosión de éstas afectará tan sólo a una pequeña área. De hecho, es muy posible que la detonación no sea lo suficientemente intensa. Con el esquisto estamos más que seguros.

Alistair trataba de tranquilizarlos, pero Amy podía oír un temblor en su voz. Ella miró a su hermano. Las sombras de la linterna sobre su rostro hacían que pareciese un anciano, pero incluso a través de la deformación causada por la tenue luz, la muchacha pudo leer su mente.

«¿Tú le crees?», decía su cara.

«No estoy muy segura», pensó ella.

«Yo tampoco. Entonces, o nos morimos aplastados instantáneamente bajo toneladas de granito...», opinaron los ojos de su hermano.

«O si no, ¿qué?», quiso saber Amy.

«O si no, sufriremos una muerte lenta y dolorosa por la falta de alimento»; ése era el pensamiento que él trataba de esconderle a Amy. Aun así, ella consiguió percibirlo.

Para ella, la elección estaba clara.

—Supongo que es la única oportunidad que tenemos de salir de aquí y hacerle cosas horribles a Ian Kabra —respondió Dan.

Amy sonrió y se tragó el miedo que empezaba a apoderarse de ella.

—Allá vamos —añadió ella.

Dan se volvió hacia Alistair.

—Tú eres más alto —dijo él, entregándole las cerillas.

El anciano encendió una cerilla y la elevó. La llama tocó el extremo de una de las cuerdas, que destellaba suavemente rodeando la mecha y que, finalmente, se apagó.

—El material es muy viejo —anunció el hombre, tirando el fósforo usado al suelo.

Abrió el libro de cerillas y vio que sólo quedaban tres.

—¿Qué ha sucedido con el resto?

—Eh... —respondió Dan avergonzado.

Amy se llevó las manos a la cabeza cuando recordó cuántas había desperdiciado en la plaza donde estaba el hotel en Tokio.

Alistair respiró profundamente.

—Está bien. Cruzad los dedos.

Acercó otra cerilla a la mecha y, de nuevo, la chispa rodeó el extremo de la antigua mecha.

PSSSSSSS

—¡Genial! —gritó Dan, mientras su tío encendía las otras dos cuerdas. Las llamas subieron por la mecha hasta introducirse en la roca.

—¡Moveos! —gritó Alistair, sujetando a Dan y a Amy.

Corrieron hacia la caverna hasta llegar a uno de los extremos de la W.

¡Bum!

¡Bum! ¡BUM!

¡CRAS!

Una explosión de roca llovió dentro de la cueva, haciendo

resonar objetos de oro y aplastando baúles con tesoros. El espejo se tambaleó y cayó hacia adelante haciéndose añicos contra el suelo.

Encima de ellos, la luz se coló en la cueva a través de un pequeño agujero en la parte posterior de una de las paredes de roca.

—¡Lo hemos conseguido! —gritó Dan.

Los tres corrieron de nuevo hacia el lugar de la explosión, tropezando con rocas, escombros y cristales rotos.

¡CRAS!

Otras rocas se vinieron abajo. Amy y Alistair se protegieron la cara con los brazos y se echaron hacia atrás.

—¡La roca se está desmoronando! —advirtió Dan, arrastrando una caja de madera hasta debajo del agujero—. ¡Vamos!

Su tío se subió a la caja, sujetó a Amy y la levantó por encima de su cabeza. Era sorprendentemente fuerte. Amy estiró los brazos hacia arriba, pero aun así no alcanzaba la salida ni con las puntas de los dedos.

—Un, dos, tres... ¡arriba! —Alistair le dio un pequeño empujón y lo consiguió.

—¡Ya estoy! —gritó ella.

Metió los dedos en la parte donde la roca había explotado y, mientras tiraba por sí misma para subir, su tío puso las palmas de las manos contra las suelas de los zapatos de la muchacha y empujó con fuerza.

—Ahhh —suspiró Amy al sentir el aire fresco y oxigenado entrando por su nariz. Se agarró a una raíz que había penetrado la roca y, apoyando el codo contra las paredes del hueco, consiguió salir. Sintió el sol en su piel y el glorioso olor a hierba y a tierra. Acomodándose firmemente en la superficie, introdujo el brazo en el agujero.

—¡Sujétate!

—Preparados... ¡Ya! —gruñó Alistair desde abajo.

Amy rodeó la muñeca de su hermano con los dedos y tiró de él. Dan pesaba mucho y la muchacha sólo consiguió llevar su torso a la superficie, pero eso ya era suficiente. El joven la soltó y se impulsó a sí mismo fuera del agujero.

Rápidamente, Amy se asomó por el hueco y gritó:

—¡Tío Alistair! ¿Puedes apilar alguna caja más? ¡Tienes que subirte a algo más alto!

—¡Lo estoy intentando! —respondió él.

¡RUUUM!

Toda la roca se tambaleó. Una parte que estaba a la izquierda de Amy se vino abajo. El crujido parecía no detenerse sino seguir la línea de una grieta en la roca.

—¡Tío Alistair! —exclamó Dan dentro del agujero—. ¿Estás bien?

Dan puso su oreja en la abertura. Amy oyó hablar al anciano, pero el ruido de la roca ahogó la voz.

Metiendo los brazos por el agujero, Dan gritó:

—¡Agárrate ya! ¡Salta!

Pero no hubo respuesta.

Los dos hermanos empezaron a gritar el nombre de su tío, pero el agujero, que mediría medio metro más o menos, empezó a deshacerse. El bloque de roca debajo de los niños Cahill empezó a romperse. Corrieron por uno de los lados hasta que, finalmente, llegaron a suelo firme.

Cuando la W al completo se desplomó, de izquierda a derecha como una ola, Amy y Dan dieron un salto para alejarse, aterrizando sobre sus rodillas y protegiéndose la cabeza con los brazos.

Una enorme nube de polvo de roca se extendió por el aire,

oscureciendo el cielo. Amy y Dan se quedaron de piedra mirando la pila de rocas que había quedado.

Finalmente, Amy sintió que las palabras salían de su boca como si tuvieran vida propia.

—¿Qué te ha dicho?

—Ha dicho —susurró Dan—: «No es esquisto».

CAPÍTULO 17

Cuando Amy corrió a esconderse detrás del árbol, Dan sabía que estaba vomitando, pero no le dio ningún asco porque él estaba haciendo exactamente lo mismo.

Alistair acababa de morir... a pocos centímetros de ellos. Justo debajo. Él les había dado su confianza, su dinero, sus consejos, su consuelo y, finalmente, su vida.

No parecía real. En ese momento debería estar detrás de un arbusto, sacudiéndose el polvo y caminando hacia ellos con los pantalones aún recién planchados como siempre y diciendo: «Vaya una aventura».

Pero Dan sólo podía ver polvo. Polvo, turistas, un montón de escombros y las luces de los coches de policía.

Tenía un presentimiento en el fondo del estómago que le recordaba que ya había pasado antes por esto, que su vida entera había sido una sucesión de pérdidas, que se había prometido a sí mismo no cogerle cariño a ningún adulto, pues siempre resultaba doloroso cuando se iban.

Pero había vuelo a pasarle. Apenas se había dado cuenta de que su hermana lo estaba abrazando. Un policía le estaba hablando con un pronunciado acento, pero Dan no consiguió entender el significado de tantas palabras.

—Su nombre es... —explicaba Amy—, era... Alistair Oh.

—¿Edad? —preguntó el agente.

La palabra «sesenta y cuatro» salió de la boca de Dan. No tenía ni idea de cómo sabía eso, pero tenía muy claro que Alistair no tenía sesenta y cinco de ninguna manera. También pensó que, algún día, él llegaría a ser más viejo de lo que Alistair sería nunca.

—¿Qué ropa llevaba? —quiso saber el policía. Dadas las circunstancias, Dan creyó que esa pregunta era totalmente estúpida.

—Chaqueta de seda, una camisa muy bonita —respondió él—, eh... siempre solía llevar esos guantes blancos, también. Y un sombrero redondo...

—Un bo... —dijo Amy, con los labios temblorosos—, bo...

—Bombín —susurró el muchacho.

El policía tomó notas, pero Dan sabía que no podrían tratar el caso como si fuese una operación de rescate. Era una recuperación del cadáver, pues era imposible que alguien pudiese sobrevivir a ese derrumbamiento.

Cuando se alejó, murmurando palabras alentadoras, Amy miró hacia las ruinas.

—¿Dan...? —lo llamó—. Mira...

Por el este, acababa de llegar una pequeña comitiva. No se parecían al resto de los senderistas ni a los visitantes del parque. La mayor parte de ellos llevaban trajes de color azul marino con gafas de sol y zapatos negros. Además, todos llevaban auriculares con cables enmarañados.

En el centro había una persona más anciana, un hombre delgado con un abrigo sobre los hombros, un pañuelo bien doblado en el bolsillo de su costosa camisa y un sombrero oscuro ligeramente inclinado a un lado de la cabeza. Se movía ágilmente, apoyándose en un bastón con joyas incrustadas.

—Ése es el tipo... —dijo Dan—. El que vimos en Tokio, junto a la estación del metro.

—¿Qué estará haciendo aquí? —preguntó Amy.

A Dan se le pusieron los ojos como platos al ver quién estaba detrás del anciano, una persona con la que él y Amy estaban más familiarizados. Lo habían visto cuando se incendió la mansión de Grace. También en París y en Salzburgo. Nunca había dicho ni una palabra, pero de una forma u otra, siempre estaba presente.

A Amy no le hizo falta que su hermano lo señalase, pues ella también lo había visto.

—El hombre de negro... —susurró ella, atemorizada.

Disimuladamente, se escondieron detrás de un arbusto.

—¿Puedes oír qué le está diciendo el anciano? —preguntó Amy.

Dan se puso en pie, se cubrió la cabeza con la capucha y se aproximó a ellos, asegurándose de permanecer entre la creciente multitud de curiosos. Los dos hombres se estaban alejando, pero cuando Dan se acercó al anciano, pudo verlo intercambiando reverencias con el policía que acababa de hablar con él y su hermana.

Sin embargo, el hombre de negro no parecía demasiado interesado en hablar. Iba caminando lentamente hacia los escombros, dándole la espalda a Dan.

El anciano y el policía habían empezado a hablar y Dan podía oír algunas partes de la conversación, pero no entendió nada porque hablaban en coreano. Tampoco decían demasiadas cosas, pero el anciano parecía bastante enfadado e impaciente. Finalmente, tras otras cuantas reverencias, el policía se marchó.

Haciendo un brusco gesto, el anciano indicó a su séquito que debían esperar ahí y se dirigió solo hacia el desconocido hombre vestido de negro.

Los dos hombres mantuvieron silencio, mientras observaban los cascotes. Dan miró a Amy, que parecía estar aterrorizada y le hacía señales para que volviera con ella.

Pero los hombres se habían alejado, así que él se aproximó a ellos.

Cuando el anciano empezó a hablar, sus palabras eran claras.

—Mi sobrino estaba ahí dentro —dijo él.

El hombre de negro movió la cabeza y levantó ligeramente el labio mostrando una ligera reacción... ¿Qué sentía? ¿Lástima? ¿Alegría? Era imposible de leer.

Parecían discutir sobre algo, pero Dan no pudo entender las palabras.

Después, el anciano se dio la vuelta y caminó con brío hacia su escolta. Asintió sin mirar a ninguno en particular y todos comenzaron a seguirlo, manteniendo su ritmo. Juntos, se dirigieron todos hacia la salida del parque.

Cuando Dan se reencontró con Amy, pudo ver al hombre de negro acercándose hacia las ruinas, caminando por encima de los escombros y mirando entre ellos.

Parecía haber encontrado algo... tal vez una de las reliquias de Hideyoshi, pensó Dan. En poco tiempo, en cuanto retirasen las rocas, todo el mundo descubriría los tesoros. Habría saqueos e incluso peleas para determinar a quién pertenecían aquellos objetos. Todo lo que habitualmente se ve en las noticias cuando hay grandes cantidades de dinero de por medio.

Pero por ahora, lo único que se veía era una enorme pila de

restos de roca, y lo que el hombre de negro acababa de sacar de entre los desechos nunca había pertenecido a Hideyoshi.

Cuando Dan vio de qué se trataba, un gemido salió de su garganta. Era un bombín aplastado y deformado.

—¡Menos mal, chicos! ¡Llegué a pensar que habíais muerto! —gritó Nella—. Escuché lo que pasó. ¡Tenéis un aspecto terrible!

Nella corrió hacia Amy y Dan, agarrando con fuerza a *Saladin* mientras ellos caminaban con dificultad por el aparcamiento del Parque Nacional Pukhansan. La policía estaba entrevistándolos a ella y al señor Chung.

Amy se compadeció del señor Chung, pues no parecía sentirse muy bien.

Nella le dio a Dan y a Amy un entusiasmado abrazo con un solo brazo, mientras con el otro sujetaba al mau egipcio, que maullaba quejándose.

Amy pasó los dedos distraídamente por el pelaje de *Saladin*.

—Nosotros conseguimos escapar. Es una larga historia, pero Alistair...

Se le apagó la voz. Detrás de ella, Dan se limpiaba las lágrimas.

—Sí, lo he oído —respondió la niñera, que extendió un brazo por los hombros del muchacho, tratando de consolarlo—. Volvamos a casa.

En el camino de vuelta a casa de Alistair, Amy le contó a Nella lo que había sucedido, desde el principio hasta que encontraron el bombín. Nella asintió, escuchándola, y después guardaron silencio durante el resto del viaje. Dan no dejaba de decir cosas, pero eran todas bastante estúpidas. «Era un hombre estupendo. Realmente se preocupaba por la familia Cahill. Lo echaremos de menos.»

Se había dado cuenta de que realmente no conocía al tío Alistair. El anciano sabía muchas más cosas de ellos que ellos de él. Por un lado los había traicionado, pero por otro, les había salvado la vida.

En casa de Alistair, los pájaros piaban en los arbustos y esponjosas nubes blancas cubrían el horizonte. Era como si no hubiese ocurrido nada. Harold, el mayordomo, se reunió con ellos en la puerta. Se le veía demacrado y desconsolado.

—Lo siento —dijo Amy.

Dan, Amy y Nella se sacaron los zapatos y caminaron cansados hasta la cocina, donde Harold había dejado unos bocadillos. Mientras Nella comía, Dan movió su plato a un lado, metió la mano en el bolsillo y sacó una hoja de papel arrugada con un enorme doblón de oro.

—Esta moneda fue lo último que me dio...

—¿Qué dice en el papel? —preguntó Amy.

Dan desdobló el papel en el que había descodificado aquel anagrama.

ALT SHAKE
THE SKALA
SHEA TALK
LAST HAKE
LAKE TASH

ALKAHEST

—¿Es eso? —preguntó Amy—. ¿La pista es Alkahest y no Lake Tash?

Dan asintió.

—Sí. La palabra esa que designa la piedra filosofal.

—Es un término de la alquimia —explicó Amy—. ¿Cómo puede ser una pista si ni siquiera existe?

Dan se encogió de hombros y tiró la moneda al aire.

—¿Cómo quieres que lo sepa? Hideyoshi era un obsesionado de la alquimia.

La moneda cayó en la palma de su mano, revelando una diosa egipcia y unas escrituras enigmáticas.

Los ojos de Amy mostraron un repentino asombro.

—¡Espera! ¡Ya sé!

Arrancó el bolígrafo de las manos de Dan y garabateó algo en el papel, bajo la columna de palabras de su hermano:

AL SAKHET

—¿Qué es eso? —preguntó Nella.

Amy corrió inmediatamente hacia Dan.

—¡El año pasado estudiamos algo de historia egipcia! «Al» quiere decir «de». Sakhet es una diosa del antiguo Egipto, también se le conoce como Sejmet.

Nella torció la cabeza.

—¿En serio?

—El mensaje del espejo... —dijo Dan para sí mismo. Tenía que admitir que para ser una boba, su hermana podía ser bastante inteligente a veces—. Hideyoshi nos estaba señalando el lugar de la siguiente pista...

—Nella —llamó Amy—. ¿Tenemos suficiente dinero para ir a Egipto?

—Eh... es posible que los Kabra os hayan traicionado, pero por lo menos no han venido a pedirme todo el dinero que me dieron —respondió Nella—. Así que, ¡preparad vuestros camellos!

Hubo un incómodo silencio en la estancia.

Dan se encogió de hombros.

—Cuesta... cuesta mucho trabajo pensar en seguir con todo esto después de lo que acaba de pasar...

—No tenemos por qué pensar en ello ahora —añadió Nella—. Mira, si no tienes hambre, por lo menos ve a darte una ducha, que hueles a huevos podridos. Los dos, de hecho. Dan, tú puedes ir al baño de Alistair y tú, Amy, puedes usar el de los invitados.

Dan tuvo que admitir que la sugerencia le pareció una buena idea. Cogió su toalla y se dirigió a la habitación de Alistair.

Egipto podía esperar un poco.

Olía bien allí, algo así como a Alistair. Era un olor de colonia con un ligero toque de suavizante para la ropa. Todo estaba muy ordenado y limpio, como era de esperar. Las fotos, colocadas en línea en la cómoda; los pesados libros, apilados en la mesilla de noche; y las almohadas, algo descolocadas, lo que le daba un aspecto más hogareño, junto a un par de guantes que había en el extremo opuesto de la cama...

Un par de guantes mugrientos.

Dan se desvió de su camino y cogió los guantes. Estaban manchados de tierra, hierba y algo más...

Carbón.

—¡Amy! —gritó el muchacho—. ¡Amy, ven aquí!

Un grito de alegría se quedó atrancado en su garganta. Su entusiasmo se vio frustrado por un pensamiento que le hizo darse cuenta de la oscura realidad.

De alguna manera, el tío Alistair había conseguido sobrevivir. Y los había abandonado nuevamente.

EPÍLOGO

El anciano cerró la puerta de su oficina y se acomodó en su silla de cuero. Se dio la vuelta situándose frente a la ventana y apoyó los pies en el alféizar. Le dolían más de lo habitual. A su edad, los paseos largos no le hacían ningún bien.

Desde abajo, el apagado ruido del tráfico atravesaba la ventana, los gritos frustrados de los conductores, los frenéticos chillidos de los vendedores ambulantes... Un recuerdo constante del verdadero y desesperado significado de la vida: la rapidez, el deseo, la posesión. Él ya estaba cansado de todo eso. Pero ahora ya no faltaba mucho. El camino adecuado estaba finalmente despejado.

Encendió su aparato de música. Sonaba *Muerte y transfiguración*, de Richard Strauss. Curiosamente apropiada, tras lo que había sucedido aquel día.

Las últimas horas habían sido bastante estresantes. A veces, lo necesario no era exactamente lo más agradable.

Ah, bueno. Primero la muerte. Ahora la transfiguración. Pulsó un botón en el intercomunicador.

—Eun-hee, hágame el favor de contactar con el señor McIntyre, tengo algunas noticias que darle.

Esperó unos segundos, pero no recibió ninguna respuesta.

Qué extraño, Eun-hee estaba allí al momento de su llegada, pocos minutos antes. La secretaria no solía abandonar su escritorio en la habitación contigua.

—¿Eun-hee? —volvió a llamar.

Finalmente, obtuvo una respuesta, pero no exactamente de la persona que él se esperaba.

—Hola, tío —saludó una profunda y suave voz que le provocó escalofríos por todo el cuerpo—. Espero que la visita al parque haya sido de tu agrado.

El dedo huesudo de Bae Oh empezó a temblar.

—¿Quién... quién habla?

—Soy... tu heredero —respondió la voz—. ¿Por qué? ¿Acaso te he arruinado el día? Por cierto, un día muy agradable, ¿verdad? Verme morir y ser consciente de que te has ahorrado el trabajo de hacerlo tú mismo.

—Pero... —farfulló Bae Oh—. ¿Cómo has sobrevivido?

—Mucha gente se hace esa pregunta. Pero te aseguro que cuando acabe contigo, nadie tendrá esa duda.

Bae Oh tendría noventa y tantos años, pero sus reflejos aún eran incomparables. Saltó de la silla e inmediatamente abrió la puerta de su despacho.

La habitación colindante estaba vacía.

Aún se oía el distante sonido de los pasos en el pasillo, pero poco después se detuvieron. Se había ido.

Al anciano se le doblaron las rodillas y tuvo que apoyarse en el borde del escritorio. El corazón le latía a mil por hora mientras, detrás de él, la música sonaba cada vez más fuerte.

CÓDIGO SECRETO PARA DESCUBRIR EL MENSAJE
QUE SE ESCONDE ENTRE LAS PÁGINAS DEL LIBRO

□ A

◉ B

▽ C

◑ E

◈ H

◠ I

◗ M

◙ N

▲ O

+ P

● S

◆ T

∴ U

✶ V

⊙ X

◎ Z

¿Quieres ser el primero en encontrar las 39 pistas?

Entra en

www.the39clues.es

¡y participa en una emocionante aventura interactiva!

✓ Crearás tu propio personaje, con su correspondiente AVATAR.
✓ Encontrarás emocionantes MISIONES con pruebas
  que deberás superar para descubrir nuevas pistas.
✓ Podrás jugar solo o establecer alianzas CON TUS AMIGOS
  y crear equipos.
✓ Participarás en divertidos CONCURSOS que te permitirán ganar
  fantásticos PREMIOS.

LEE **JUEGA** **GANA**
LOS LIBROS ONLINE PREMIOS

Sólo si participas en la aventura online
podrás ser el primero en descubrir
el misterio de la familia Cahill.